チートなタブレットを持って快適異世界生活

2

ちびすけ
CHIBISUKE

Illustration
ヤミーゴ

CHARACTERS
登場人物紹介
ハーネ
風魔法を得意とする
蛇系の魔獣で、
ケントの使役獣。
ケント
異世界に迷い込んで
しまった本編主人公。
タブレットに搭載された
便利アプリに助けられ、
異世界生活を楽しむ。
クルゥ
「暁」のメンバーの少年。
耳にした者を操る
「魔声」を持つ。
ライ
中級ダンジョンで
出会ったケントの
新たな使役獣。

ケルヴィン
「暁」の一員。
生真面目で怖そうだが、
実は面倒見がいい。
ラグラー
一見チャラいが
実は頼れる、お兄さん的
存在な「暁」の一員。
フェリス
ケントが所属する
パーティ「暁」でリーダーを
務める、美人エルフ。
グレイシス
「暁」メンバーの
魔法薬師で、お色気
たっぷりなお姉様。

手抜き料理をしたって、たまにはいいよね？

僕、山崎健斗《やまざきけんと》はある日突然、気が付くと異世界にいた。

どうしたものかと途方に暮れたが、なぜか持っていたタブレットに入っていた、様々なアプリのおかげで快適に過ごせそうだということが判明する。

冒険者となった僕は、Ｂランクの冒険者パーティ『暁《あかつき》』に加入して、使役獣《しえきじゅう》を手に入れたり、魔法薬師の資格をゲットしたりと、楽しく過ごしていた。


そんな異世界での、ある日のこと。

「今日もいい天気だな～」

《シュ～》

僕の言葉に同意するように、『使役獣』のアプリで使役している葉羽蛇《はばねへび》のハーネが鳴き声を上げる。

僕は今、家の裏側にある野菜を植えている畑に、地球のものを買えるアプリ『ショッピング』で購入した肥料をやり、特大じょうろで水を撒《ま》いていた。

この畑には、『ショッピング』で購入したトマトとキュウリ、それからバジルが植えられている。

「水やりはこんなものかな……それにしても、あっちぃ～」

麦わら帽子を被っているので顔周りに影が出来て、太陽の眩《まぶ》しさがだいぶ和《やわ》らいでいるけど、最近は日中、気温がかなり上がるので暑い。

首に巻いていたタオルで顔と首に流れる汗を拭《ふ》いていると、ハーネが羽を動かしてそよ風を送ってくれた。

なんだか扇風機《せんぷうき》に当たってるみたいだな。

ありがとうと言いながら空を見上げると、大きな雲が青い空を泳ぐように動いている。

「そろそろお昼ご飯の時間だな。ハーネ、お腹空いたか？」

《シュー！》

「そうかそうか。それじゃあ昼ご飯にしよう」

《シュシュ～！》

僕の腕に絡まりながら尻尾をフリフリ振るハーネをそのままに、使っていた道具を仕舞って家の中へと戻った。

汗を掻《か》いたので部屋に戻って一度着替えてから、台所に立つ。

「ん～……何を食べようかな」

実は今日、久し振りに一人で家にいるのだ。

暁の全員で一軒家に住んでいるんだけど、フェリスさんとクルゥ君は用事があるみたいで、夕食を外で済ませてくると言っていた。

ラグラーさんとケルヴィンさんは、暁としてギルドから魔獣の討伐依頼を受けていて明日まで帰ってこないし、グレイシスさんも魔法薬作りに必要なものを採取するために二、三日家を空ける予定だ。

そんなわけで、ゆっくりと過ごせる。

こんな日は、たまには手抜き料理でもいいでしょ。

「おにぎりと味噌汁《みそしる》にしよっと」

冷蔵庫の中からラップで包んだ残り物のご飯を数個取り出し、台所の上に並べる。

「ハーネ、よろしくな」

《シュッ！》

ハーネは僕の腕から離れると、ラップで包んだご飯の周りをグルリと体で囲み――葉脈のような模様が入った羽を、まるで蜂《はち》が飛んでいるみたいな音と共に目では追えない速さで動かし始めた。

その間に僕は、ケトルに水を入れて火にかけてから、『ショッピング』で鮭《さけ》フレークと即席味噌汁を購入。

手の平に浮かぶ魔法陣から出てきたのは、ガラス瓶に入った解《ほぐ》れた鮭と、豆腐、長ネギ、油揚げが入った味噌汁だ。

「毎日じゃなくても、たま～に味噌汁が食べたくなるんだよね」

フリーズドライ製法で仕上げられた味噌汁は、香りや風味がいい上に、お湯を注いだ瞬間に出来上がる、究極の時短料理。

元の世界で独身生活をしていた時には、大変お世話になった商品だ。

《シュー！》

マグカップの中に袋から出した味噌汁の素を入れていると、ハーネが僕の元まで飛んできて頭の上に乗る。

「お、もう終わったの？」

《シュ～ッ》

ピコピコ尻尾を振るハーネ。

ハーネが囲んでいたラップで包まれたご飯を手に取ると、出来立てのようにホカホカと温まっていた。

魔法なのか何なのかは分かってないんだけど、今回のご飯みたいに、ハーネが何かを体で取り囲んで超高速で羽を動かすと、その囲んだものを温めることが出来るのだ。

疲れないのかと聞いたこともあるんだけど、何が？　といった感じに首を傾《かし》げられたので、平気らしい。

まるで電子レンジのようだと思った僕は、『ハーネレンジ』と名付けて、かなり重宝しているのだ。

そんな温まったご飯をラップから取り出して、鮭フレークと共にガラスボウルに入れて混ぜる。

それを丸と三角に握って二つの皿に盛り付けてから、味噌汁のもとが入っているマグカップにお湯を注ぐ。

一瞬にして味噌汁のいい香りが台所の中に広がった。

「よし、出来上がり～。居間に持って行って食べよう」

食卓が置かれている居間へ行き、早速食べることにする。

「いっただきまーす！」

《シュ～！》

おにぎりを掴《つか》んでバクリと齧《かじ》りつく僕の横で、ハーネは羽を動かして僕の肩から自分用の皿の位置まで頭を下げる。そして、パカリと開いた口でおにぎりを一口で食べてしまった。

僕が味噌汁とおにぎりを二個食べ終わる頃には、ハーネ用の皿にあった六個のおにぎりは綺麗《きれい》にお腹の中に消えていた。

ハーネさん？　体の中間だけがツチノコみたいに丸く膨《ふく》らんでますよ？

そんなこんなで食べ終わった食器を洗って片付け、室内の掃除も粗方《あらかた》やり終えると、もう今日はやることがなくなってしまった。

何をしようかと悩んでいたら――

ドンドンドンッ！　と玄関が力強く叩《たた》かれた。

その音に、フェリスさん達が帰ってきたのかと思った……んだけど、もしそうなら、鍵を持ってるんだからドアを叩く必要はない。

来客があるとも聞いてないんだけどな、とハーネと顔を見合わせていると、玄関を叩く音が更に強くなった。

家には他に誰もいないし、扉を叩く強い音にちょっとだけビビる。

「すまん！　知人の紹介で、ここにいる魔法薬師に会いに来た！　誰か……誰かいないか!?」

ただ、玄関の向こうから聞こえてきた聞き覚えのあるその声に、僕は目を瞬《しばたた》かせた。

慌てて立ち上がって玄関まで走り、鍵を開けてドアを開く。

「……あ、やっぱり」

「ケ、ケント？　お前……何でここにいるんだ？」

そこにいたのは、この世界に来て最初にお世話になった街の警ら隊の隊長――アッギスさんだった。

アッギスさんは、驚いた表情で僕を見下ろしている。

まぁ、立ち話もなんだからということで、家の中に入ってもらうことにした。

最初は断ろうとしていたアッギスさんだったが、すぐにここに来た目的を思い出したのか、「邪魔するぞ」と頭を下げながら、入ってきてくれた。

居間のソファーにアッギスさんと向かい合って座ってから、僕は首を傾げる。

「急にアッギスさんが訪ねてきてビックリしました」

「あぁ、そういえば暁に入ったってこの前言ってたよな……すっかり忘れていたよ」

アッギスさんは首の後ろを撫《な》で、苦笑してから口を開く。

「俺の奥さん……妻が妊娠《にんしん》中だってのは、この前話しただろう？」

「確か、臨月《りんげつ》なんですよね？　何かあったんですか？」

「実は、妊婦が稀《まれ》にかかる『魔力中毒症』になってしまってな……」

「妊婦さんがかかる、魔力中毒症……？」

聞けば、『魔力中毒』とは、体内に許容量を超える魔力が溜《た》まった時に発症するらしい。

症状としては、眩暈《めまい》や吐き気が出ることが多く、次に耳鳴りや目の充血、動悸《どうき》息切れなどなど、様々な症状が出る。

妊婦だけでなく、成長と共に増える魔力量に体がついていけない子供もかかることがあるが、体が出来上がっていけば自然に治る。

一方で妊婦の場合は、自分の魔力に子供の魔力もプラスされることで、発症するんだとか。

もっとも、お腹の中にいる子供の魔力量は基本的に少ないので、影響が出ることは少ない。しかしごく稀《まれ》に、魔力量が多い時に発症するそうだ。

「最近まで、そんなに魔力量が多いと言われてなかったから安心していたんだが……ここ数日で急に魔力量が増えたみたいなんだ。出産してしまえば徐々によくなるんだが、悪阻《つわり》の時よりも酷い吐き気で飯も食えない状態で……日に日にやつれていく妻を見ていると、妻の体や生まれてくる子供のことが心配でな」

「確かに心配ですよね」

「それに、もう本当にいつ生まれてもおかしくない状況なんだ。なのに、あんな状態で産気付いたら……体力が持つかどうか分からないと医者に言われたんだ」

「えっ、それって結構ヤバい状態ですよね!?」

どうも、いろんな病院や薬師、魔法薬師に奥さんを診《み》てもらったが、そこで処方される薬も魔法薬も、どれも同じようなものだったらしく、症状は全く改善されなかったらしい。

魔力中毒症に効果がある薬は色々とあって、普通であれば飲めばすぐに症状が治まるはずなのだが……アッギスさんの奥さんの場合は、なぜか改善されないという。

ただ、妊娠しているため、色々な薬を飲むのは避けたい。妊娠中に薬や魔法薬を飲み過ぎると、生まれてくる赤ちゃんによくない影響が出てしまうのだ。地球でも似た話を聞いたことがあったっけ。

そんなことを思っていると、アッギスさんが溜息を吐《つ》きながら話を続ける。

「魔法薬師協会に勤めている友人がいるから、そいつに相談したんだが……魔法薬師協会で販売している魔法薬であれば治るかもしれないと言われてな。ただ、協会の薬は高級で、もし複数回飲まないといけなくなった場合、金銭的に辛くなってくる。であれば、魔法薬師に直接依頼したらいいということで、暁の魔法薬師二人――フェリスさんと、特にグレイシスさんならどうかと、紹介されたんだよ」

師匠《グレイシスさん》！　貴女ってやっぱり凄い魔法薬師なんですね！

ただ、話を聞いた僕は申し訳ない気持ちになってしまった。

「アッギスさん……すみません。グレイシスさんは、魔法薬の調合で使う材料の採取に出ていて、あと数日は帰ってこないんです」

「そんなっ！　なんとか……なんとかして、連絡は取れないか？」

「その……連絡が一切出来ないダンジョンに潜っている最中でして……」

僕の言葉に、アッギスさんの瞳《ひとみ》が落胆の色に染まった。

そんな彼を見て、僕はどうにかして助けることが出来ないかと考える。

「あの、アッギスさん」

「いや……すまない。急に押し掛けてしまったりして」

そう言って、アッギスさんはソファーから立ち上がる。

大きな背中を丸め、足取り重く玄関へと歩くアッギスさんの背中に、僕は声をかけた。

「待ってください！　あの、もしよければ……奥さんに処方する魔法薬、僕に調合させていただけませんか？」

アッギスさんは僕の突然の言葉に困惑した様子だった。

そんな彼に、魔法薬師の証であるエメラルドが付いたバングルを見せて、自分が魔法薬師の資格を取得したことと、グレイシスさんの唯一の弟子であることも伝える。

「もしも僕の腕が信用出来ないなら、グレイシスさん達が帰ってきた時に、すぐに魔法薬を調合してもらえるよう頼むことにします。そのためにも、今までに奥さんが服用した魔法薬の種類を教えてくれませんか？」

そう言うと、アッギスさんは逡巡《しゅんじゅん》した様子を見せたが、すぐに承諾してくれた。

紙に今までの症状と服用した魔法薬の種類を書き、最後にアッギスさんの住んでいる住所を書き込んでから、懐に手を入れる。

そこから取り出されたのは、小さな瓶。

どうやら、奥さんが服用していた魔法薬の一つらしい。

アッギスさんはその瓶を眺めながら、しみじみと頷《うなず》く。

「しかし……まさか、ケントが魔法薬師になっているとは驚いたな」

そう言って、先ほど書いた紙と一緒に僕に手渡してくれた。

「俺は……妻の症状がよくなって子供が無事に生まれてくるためだったら、なんでもするつもりだ。だから、ケントが妻を治してくれる魔法薬を調合出来るなら、お願いしたい。もし……どうしても無理そうなら、その時はその師匠とやらに頼みたい。それでいいか？」

「はい、もちろんです！」

僕が頷くと、「よろしくな」と僕の肩を叩いてから、アッギスさんは帰っていった。

『情報　Lv3』

玄関を閉めて鍵をかけ、アッギスさんが書いてくれた紙を見ながら居間へと戻る。

ソファーに座ると、頭の上にハーネが乗ってくる。

僕がう〜んと首を傾げれば、ハーネも真似するように頭を傾けていた。

ハーネの行動が本当に可愛くて癒《いや》される。

「どこに行っても同じ薬を処方されるってことは、医師から同じ病気だと診断されたわけだな。でもその魔法薬では治らない……となると、魔法薬の材料の質があまりいいものじゃなかったのか、調合の仕方や魔力量が足りてないってことだよな？」

今まで処方された薬を書き出してもらったけど、確かにどれも似たようなものだし。

『魔力抑制薬』

『吐き気止め』

『眩暈止め』

主にこの三つの魔法薬が多く処方されている。

それを確認した僕は、タブレットを出して、アプリ『魔法薬の調合　Lv２』を開く。

紙に書かれた薬と同じようなものがアプリの中にあるか確認するためだ。

いざ見てみると、表の上の方にあった……ってことは、調合する難易度としては、そんなに高くはないんだな。

それから机の上にある、アッギスさんが置いていった魔法薬を『カメラ』のアプリで撮り、『情報　Lv２』で確認してみる。


【魔力抑制剤】
・特徴　：魔力の過剰《かじょう》な放出を抑え、鎮静《ちんせい》させるはたらきがある

これしか書いていなかった。

顎に手を当てながら『情報』を見ていた僕は、ふと、『情報』のレベルを上げたらどうなんだろうかと考える。

レベルを上げれば、この他にも何か情報が表示されるかもしれない。

ということで、サクッとレベルを上げようと決めた。

アプリの画面の右上をタップする。

【Lvを上げますか？　はい／いいえ】

『はい』をタップ。

【※『情報　Lv3』にするには、560000ポイントが必要になります】

『同意』をタップ。

するとすぐに、画面上から五十六万ポイントが消え、時計マークが浮かんだ。

タブレット内のポイント……つまるところお金が一気に減ったことに内心ちょっとビビりながらも、また頑張って貯めようと決心する。

以前、アッギスさんに何かあった時は絶対に助けると心に誓った。

その時が思ったよりもかなり早く来たけど、今やらなきゃいつやるんだ！

アッギスさんには、あんな寂しそうな笑顔は似合わない。

そんなことを思っていると、アプリの時計マークが消えた。

「んじゃ、早速使ってみますかね」

『情報』を開くと新しい項目が出来ていた。

元々あったのは、**【人物／食／装備】**の三つ。

そこに**【魔獣・魔草／薬・魔法薬／その他】**の三項目が加わっている。

そのうちの『薬・魔法薬』をタップし、さっき『カメラ』で撮ったばかりの、アッギスさんが持ってきた魔法薬を表示する。

【魔力抑制剤】
・調合者：魔法薬師　アィエル・ゴートン
・入手難易度：C
・特徴：魔力の過剰な放出を抑え、鎮静させるはたらきがある
・用法　用量：一日一回就寝前に服用
・魔法薬ランク：C
・治癒速度：D

「お、結構新しい感じになったじゃん。見える箇所も増えたし」

一気に五つも増えるとはありがたい。

まぁ、調合者の名前が出てくるとは思わなかったけど、かなり詳しい情報が手に入ったんじゃないだろうか？

しかし、魔法薬ランクがCって……微妙なラインだな。

アッギスさんの奥さんに処方する魔法薬は、魔法薬ランクがB以上のものじゃないと意味がないってことは分かった。

腕を組んで情報を見ていた僕は、ふと思い出したことがあり、一旦自分の部屋へ戻って机の引き出しを漁《あさ》る。

この引き出しには、以前練習のために大量に作った魔法薬を、他に置き場所がなかったのでしまっているのだ。

《シュ～？》

頭に乗ったままのハーネが不思議そうに声を上げた。

「ん～？　いや、ちょっと前に魔力を抑える薬を作ったのを思い出したんだけど……ラベルを付けるの忘れて、どれか分かんなくなっちゃったんだよ」

たくさんある小さな瓶を手に持って「これか？」「それともこっちか？」と悩んでいると、ハーネが頭の上から下りてきた。

そして、羽を動かしながら引き出しの上まで移動すると、枝分かれした舌をチロチロッと出しながら魔法薬をジーッと眺め――

《シュー！》

一つの小瓶を咥《くわ》えた。

え、もしかして捜し出してくれたの？

驚きつつも『カメラ』で撮って『情報』で確認すれば、それはまさに捜していた魔力抑制の魔法薬だった。

どーお？　偉いでしょー！　とでも言いたげに、頭の両側に付いている羽のような耳や尻尾をピコピコ動かし、得意満面なハーネ。

うちの子、可愛いだけじゃなくて色々と超優秀だ。

「ハーネ、今日の夕食はハーネが好きなご飯をいっぱい作ってやるからな！」

そんなことを言いながら、ひとしきりハーネを褒めたり撫でたりしてから、魔法薬を持って居間へ戻る。

机の上に自分が調合した魔法薬を置き、もう一度『情報』で確認。

【魔力抑制剤】
・調合者　　　：魔法薬師　ケント・ヤマザキ
・入手難易度　：――
・効果　　　　：魔力の過剰な放出を抑え、鎮静させるはたらきがある
・用法　用量　：一日一回就寝前に服用
・魔法薬ランク：C

・治癒速度　：C

僕が調合した魔力抑制剤は、アィエル・ゴートン氏が調合したものと同じCランクだった。

これじゃあアッギスさんの奥さんに飲ませても意味がないだろう。

僕が魔法薬を調合する時は地球の素材を混ぜると効能が上がるんだけど、これは確かこの世界の素材だけで作ったもの。

ちゃんと地球の素材を使えば、ランクも上がるだろう。

……ただ、効果は上がるかもしれないけど、確実に治せる魔法薬を調合出来るかどうか……今の僕のレベルだと微妙だよな。

確実に治せないいんじゃ、意味がない。

僕はうーんとしばし悩んでから、よしっ！　と両手で膝を叩く。

「今日は『魔法薬の調合』もレベルアップしちゃいましょうっ！」

いつかは『魔法薬の調合』アプリを、レベルアップする時が絶対くるんだ。

それが、今になっただけ。

お金《ポイント》もまだあるし……やるなら今でしょっ！

ということで、タブレットの画面をポチリと押す。

【Lvを上げますか？　はい／いいえ】

『はい』をタップ。

【※『魔法薬の調合　Lv3』にするには、655000ポイントが必要になります】

当然、『同意』をタップ。

浮かび上がった時計マークを眺めながら、脳内で計算する。

『情報』と『魔法薬の調合』を合わせ、レベルアップのために一気に百二十万以上もお金が飛んでいったことになるのか。

心臓の辺りの服をギュッと握り締める。

1ポイント＝1レン＝元の世界の1円だから、この金額があれば新車が買えるな……。

いや、そこはあまり考えないようにしよう。アッギスさんのためだし！

と、そこで時計のマークが消えたので、僕はレベルを上げた『魔法薬の調合』アプリを開いてみる。

【New！『中級魔法薬師』の称号を手にしました】

お、称号までゲットしちゃったよ。

今までは、『魔法薬師見習い』程度の薬が作れるようになります、みたいな表記だったのにな。

さて、肝心の魔法薬の種類だけど……作れる種類が格段に多くなっている。

また、その表も少し変化していて、今回からは**【注意事項】**や**【魔法薬ランク】**なんて表示が増えていた。

『魔法薬ランク』はその名の通り、SS、S、A、B、C、D、Eまでのランクがあって、魔法薬を評価するものらしい。さっき『情報』で見た中にあったのと、同じものだ。

SSは最上級のもので、ほとんど手に入らないレベル。

どんな怪我や病気、症状も治す万能薬だったり、不老不死になる薬、死者を蘇生《そせい》させる薬なんかが該当《がいとう》するそうだ。

Sは最高位の魔法薬師や王宮魔法薬師などといった、一握りの優秀な人間しか作れないレベルの魔法薬。

Aだと上級魔法薬師が作るものがほとんどで、中級魔法薬師でも、魔力制御能力や調合力の高い人なら作れるレベルの魔法薬。
B、Cは中級以下の魔法薬師が作れる魔法薬。
Dは見習いレベルで、Eは粗悪品とのこと。

ちなみに、魔法薬のランクが高いからと言って、入手難易度や治癒速度が高評価になるわけではないらしい。

そういえば称号も手に入ったんだっけ、と『情報』で自分のステータスを確認してみると、職業のところに『中級魔法薬師』の表示が増えていた。

どんどん新しいのが追加されていくな～と気になるけど、今は『魔法薬の調合』アプリの確認が先だな。

必要な魔法薬を探すため、アプリを開く。

表の上に検索欄があるので『魔力抑制剤』と打ち込めば、すぐに十五個ほどの魔法薬がヒットした。

それぞれ確認していくと、『魔力を完全に止める』ものと『過剰な放出を抑える』もの、それに『一時的に魔力を止める』ものなど、同じ抑制剤でも色々あるみたいだ。

アッギスさんの奥さんに必要な魔法薬は……話を聞く限りでは、『過剰な放出を抑える』やつがよさそうだろうか。

ただ、『過剰な放出を抑える』タイプの魔法薬は三つあるのだが、そのうちの二つは、注意事項に〝妊婦服用――不可〟と表示されていた。

なので必然的に、残っている魔法薬を選択することになる。

うん……『情報』のレベルを上げておいてよかったよ。

そのまま知らずに、妊婦さんが服用しちゃダメなものを調合していたかもしれないからね。

僕はタブレットの画面に表示されている魔法薬をタップして、どのような材料が必要か確認することにした。


【魔力抑制剤（妊婦服用可）】
※異世界のものを使用
乾燥したアグレブの実：3個　チチットの爪：1個　ヘルディク草：2束
カルグル草：1束　ヘルヒグスの鱗《うろこ》：1枚　炎淡魚《えんたんぎょ》の背骨：1つ
水狼《すいろう》の髭《ひげ》：2本　ルコットの種：4粒　泥熊《どろぐま》の牙：1個
チョコレート※：1欠片　スターフルーツ※：1個　オレンジ※：2個
キウイ※：1個　しその葉※：1枚　飲料水※：100ml

必要な材料はこんなものか。

ここに書いてある『異世界』ってのは、僕が元いた地球のことだ。

これらの素材は、地球のものを購入することが出来るアプリ『ショッピング』を使えば簡単に手に入る。

魔法薬のレシピも、今回のレベルアップで微妙に表示が変わって分かりやすくなった。『ショッピング』で買えばいいものにマークが付いたのはありがたいな。

それにしても……この材料を見ただけだと、いったい味はどうなっているのかと恐ろしくなってくる。

まぁ、アプリの力で調合するわけだし、そんなに変な味にはならないだろう……たぶん。

ともかく、中級の魔法薬師が調合するものだけあって、使用する材料がさすがに多くなっているな。

これを自分一人で全て集めるのは……時間もないし、仮に時間があったとしても至難《しなん》の業《わざ》だ。見たことない素材も多いし、かなり強い魔獣の素材が多い。

『水狼の髭』や『泥熊の牙』なんて、普通の店で売ってなさそうだよな〜。

「でも、これを調合出来たら……アッギスさんの奥さんはきっと治るはず！」

《シュ〜！》

「お、ハーネもそう思うか？」

《シュシュー！》

僕の問いに、ハーネも尻尾を振りつつ頷く。

それじゃあ、早速行動を起こさねば！

ということで、まずは『ショッピング』で買えるもの……※マークが付いているものを購入して、自室に置いておく。

それから残りの材料だけど……

とりあえず、街に買いに行かないといけないんだけど、どこで売っているかわからない。

全ての材料が一ヶ所で売られているはずがないし。

ああ、探し回ってる時間も惜しいな。

こういう時、フェリスさんやグレイシスさんがいれば、すぐに聞けたのに――と残念に思う。

「はぁ～。ショッピングでもこの世界のものを買えればいいのになぁ～」

それか、この世界のものを買える新しいアプリが出ればいいのに、なんて考えながらタブレットを眺める。

「……まぁ、ないものはしょうがないな。時間がかかっても、街中にある材料屋をしらみつぶしに探して……ん？」

頭を掻きながら溜息を吐きそうになった時、ふと、腕に嵌《は》められた魔法薬師の証のバングルが目に入る。

その時、唐突にグレイシスさんの言葉が頭の中に蘇《よみがえ》った。

『魔法薬師になれば、街中で絶対に手に入れることが出来ないような最高級の――かなり良質な薬草や魔法薬の材料を、安く手に入れることが出来るの』
そうだ、これだ！
僕は急いで立ち上がると、家を出て『魔法薬師協会』へと走って行ったのであった。
アッギスさん、もうちょっとだけ待っててくださいね。
もう少ししたら、魔法薬を調合して持って行きますから！

魔法薬師協会でお買い物

魔法薬師協会は、試験を受けに行った日以来訪れていなかったから、一人で入る（ハーネもいるけど）には少し緊張した。

建物の広い柱廊《ちゅうろう》を通り抜け、受付がある所へと向かっていく。

思わず走りそうになるけど、さすがに早歩きくらいに抑える。

受付の前にまで行くと、受験の時にお世話になった初老の男性が、あの日と同じように受付窓口に立っていた。

「ヤマザキさん、お久し振りでございます」

丁寧に挨拶をしてくれる彼に頭を下げつつ、早速本題に入る。

「こんにちは。あの、今日は魔法薬を調合する材料を購入したくて来たんですけど」

「かしこまりました。必要な材料はお決まりでしょうか？」

「はい、これに書いてます」

僕はポケットから、材料が書かれた紙を出す。

中には、『魔力抑制剤』に必要なものの他に、違う魔法薬の材料も書いている。

アッギスさんの奥さんは、たぶん体力も低下しているだろうから、『体力増加』や『貧血改善』などなど、妊婦さんも安心して服用出来る魔法薬も作ろうと思い、調べておいたのだ。

だいたいは手持ちの材料で何とかなりそうだったんだけど、妊婦さんでも使えるものとなると、足りない材料がちょくちょくあったんだよね。

僕が渡した紙を受け取った初老の男性は、書かれている材料を一つずつ確認していく。

「この材料を使って調合するのはヤマザキさんですか？」

そして、そう問いかけてきた。

「そうですけど……何か問題がありましたか？」

僕が頷いて聞き返すと、一瞬驚きの表情を見せる初老の男性。

だけどすぐに、微笑《ほほえ》みながら首を横に振った。

「いえいえ、何も問題ありませんよ……ただ、こちらの材料をご用意するのに、少しお時間をいただいてもよろしいでしょうか？」

「大丈夫です」

「お待ちになっている間、この建物内にいらっしゃいますか？」

あー、どうしようかな。

街に出てもいいけど、材料はここで揃《そろ》うし……この前来た時はあまり見て回れなかったから、建物の中を見学してもいいかもしれない。

「そうですね……それじゃあ、建物の中を見学しておこうかと思います」

「それでしたら材料が全て揃い次第、伝令リチューを向かわせますので、目印となる『香石《こうせき》』をお持ちください」

伝令リチュー？　香石って何？

それを聞く前に、初老の男性は受付台の上に置いていた金色のハンドベルを振る。

――チリンッ、チリリンッ。

澄《す》んだ綺麗な音色がハンドベルから響く。

そしてその余韻《よいん》が消える前に、受付台の上――僕と初老の男性の真ん中に、背中に筒を背負った小さな動物がどこからともなくやってきて、ちょこんと座った。

なるほど、このリスみたいなのが、伝令リチューなんだろう。

初老の男性は伝令リチューの前に、僕が持ってきた紙を置く。

「『薬草保管庫』と『薬用魔獣保管庫』へ行って、それぞれの素材管理師へ渡すように。いいですね」

そんな彼の言葉を受けて、伝令リチューはピィーッ！　と鳴いてから、紙をクルクル巻いて背負っている筒の中に入れる。

そしてそのまま、タタタタターッと走ってどこかへ行ってしまった。

あんなに小さいのに器用だな。それに案外足が速い。

伝令リチューを見送った僕は、初老の男性にタンブルキーホルダーみたいに金属に繋《つな》がれた香石を受け取ってから、協会内を散策することにした。


建物の中を散策するのは意外と面白かった。

薬草なのだろう見たこともないような植物や、魔獣の剥製《はくせい》、それから今まで協会内で製作された歴代の魔法薬が置かれている薬棚など、見飽きない。

気分はどこかの展示会に来たような感じだ。

家でやることがなくなった時でも、ここに来ればいい暇潰しになりそうだな～、なんて考えながらぶらついていた。

すると……

ピピィ～。

足元から可愛らしい鳴き声が聞こえてきた。

下を見ると、伝令リチューが首を傾げながら立っている。

「あぁ、もう受付に戻ってもいいのかな」

「ピィー……ビャッ!?」

「うん？」

僕を見上げながら可愛らしく鳴いていた伝令リチューが、突然奇妙な声を上げて固まってしまった。

しかも、全身の毛を逆立てながら僕の顔を凝視《ぎょうし》しているし、ガタガタと全身が震えてるんだけど……一体どうした!?

何をそんなに怯《おび》えているんだと驚いていると――

《シュ～！》

僕の頭から肩の方へ移動してきたハーネが、にょろり、と顔を出していた。

そしてその顔を下に向け、舌をチロチロッと出しつつ伝令リチューにご挨拶をする。

《シュシュ～♪》

「ビビビッ……ビビャーッ！」

嬉《うれ》しそうな声……というか音？　を出すハーネに対して、伝令リチューは警戒音を発して、素早い動きで僕から離れた。

「あぁ……うん、ハーネが怖いのね」

ハーネを見てビビっている伝令リチュー。

まあそうだよね、リスからしたらヘビは天敵だ。

嬉しそうに話しかけているハーネには申し訳ないが、相手が怖がっているのであまり身を乗り出さないようにしてもらうことにした。

《シュ～……》

残念そうなハーネを宥《なだ》めつつ、伝令リチューに声をかける。

「ごめんね、怖かったよね？　ハーネは絶対君のことを襲わないから心配しないで。それよりも、僕を呼びに来てくれたんでしょ？　戻ろっか」

「ピ……ピピィー……」

恐る恐るといった感じで、伝令リチューは移動を開始する。

僕の前をタタタッと走り、何度か立ち止まっては振り返って、僕がついてくるのを確認する伝令リチュー。

プリっとしたお尻と尻尾を揺らす後ろ姿に顔が緩みそうになるけど、何度もこちらを振り向くのは……ハーネが自分を襲ってこないかと、確認しているのかもしれない。

ちょっと可哀想《かわいそう》だなと思ったので、少し距離をとりながら、伝令リチューの後を歩いていった。


受付に着くと、伝令リチューは素早い動きでどこかへと行ってしまった。

ありがとうと言う暇《ひま》もなかったなと思っていると、初老の男性から声をかけられる。

「ヤマザキさん、お待たせいたしました。ご注文をいただいていた材料が全て揃いましたので、ご確認ください」

そう言って魔法薬の材料の入った、蔦《つた》で編まれた籠を台の上に置かれた。

中を見れば、アプリで表示されていた材料の挿絵通りのものが全て入っていた。

ハーネは僕の頭の上から降りて、好きな匂いでもするのか籠の近くまで寄って匂いを熱心に嗅《か》いでいる。

「はい。確かに全て揃っています」

ハーネを籠から離しながら僕がそう言うと、初老の男性は何やら紙を取り出す。

「ありがとうございます。それでは支払いの方に移らせていただきますね」

どうやらこの紙は伝票らしい。

支払いはいくらくらいになるかな～と、持っていた籠を台の上に置いてから、軽い気持ちで伝票を覗《のぞ》き込み――

目が飛び出るかと思った。

《魔法薬師協会　会員ケント・ヤマザキ様》
・乾燥したアグレブの実　３個
　６２００　レン
・チチットの爪　１個
　３６００　レン
・ヘルディィク草　２束
　４３６０　レン
・カルグル草　１束
　４４８０　レン
・ヘルヒグスの鱗　１枚
　２３０５０　レン

・炎淡魚の背骨　1つ
　59300　レン
・水狼の髭　2本
　39580　レン
・ルコットの種　4粒
　3000　レン
・泥熊の牙　1つ
　331590　レン
・その他、魔獣の毒液や毒草など
　5840　レン

合計　533610レン

見間違いかと思って目を擦ってからもう一度確認してみたけど、数字が変わることはない。

すっげー高い。ここなら安く手に入れられるって話だったと思うんだけど……

伝票を見ながら固まっている僕を見て、男性が口を開いた。

「ここで取り扱っております魔法薬の材料は、国お抱えの『上級鑑定士』が認める最良のものしかございません。まぁ少々値が張りますが……当協会が持つ材料と同等の材料をご自身で手に入れる手間などを考えるならば、どうでしょうか。『安く』感じるのも『高く』感じるのも、お客様次第です」

その言葉に、僕は心の中で確かにそうだな、と頷く。

もし僕が、これらの材料を手に入れようとしても、まずレベルが足りない。

今の戦闘力だって、中級ダンジョンの中階層で四苦八苦しながら戦い、ハーネと力を合わせてようやく魔獣を倒せるくらいだ。

しかし、手に入れたい材料は、かなりの高レベル——中級から上級ダンジョンにいる強い魔獣のものである。

そんな魔獣と戦って、協会にある物と同じクオリティのものを手に入れるなんて、出来るはずもない。

たぶん、購入しようと思っている材料の『元』となる魔獣と直接対面なんてしたら……速攻で倒される自信がある。

運よく倒せたり素材を拾えたりしたとしても、こんなにいい状態のものは手に入らないだろう。

そう考えると、他のどこにも置いてないような最良の材料をここで少し高くても購入出来るということは、今の僕にとっては『安い』方なんだと結論付ける。

初老の男性は、それに、と口を開く。

「当協会でご購入いただいた材料で調合するならば、他のどのような材料で調合した魔法薬よりも効果が格段に上がることを、保証いたします」

「え……それは本当ですか⁉」

「はい。魔法薬は使う材料の品質が良ければ良いほど、効果が高くなります。なので、品質が悪い材料で調合しますと、魔法薬の効果も悪くなります」

「へぇ～」

感心して頷いていると、初老の男性は思い出したように付け足す。

「ヤマザキさんのお師匠様――シャム様も、ご自分で材料を手に入れられなかった場合は、ここで購入されていますよ」

彼によれば、グレイシスさんはここで材料を購入する他に、ダンジョンで採ってきた魔法薬の材料だったり、調合した魔法薬だったりを売ってもいるそうだ。

そういえば、よく街に魔法薬とかを卸《おろ》しに行くって言っていたけど……それは、ここに来ていたんだな。

一人納得して頷いていると、男性が首を傾げる。

「それでは、お支払いはいかがいたしましょうか？『炎淡魚の背骨』と『水狼の髭』、それに『泥熊の牙』以外ですと街でも普通に売られていますので、すぐに手に入れることが出来ると思います。ちなみに、『泥熊』は繁殖期《はんしょくき》以外、滅多に姿を見せない魔獣でして、大変手に入りにくい商品となっており、他のものよりも少々値が張っております」

言われてみれば、確かに高い。一つだけ桁が違うもんな。

……でも、ここの材料を使えば効果が格段に上がるという言葉が確かなら、今回だけはここで買ってみようかな……

少々以上の値はするけど、今回の魔法薬は、出来る限り良いものを調合したいと思っているので、この出費は必要な金額だろう。

僕は腕輪の中から全財産を入れている革袋を取り出すと、中からお札の束を取り出す。

十万レンの束を六つ、そっと受付窓口の台に置いた。

「全部購入します！」

「かしこまりました。それではどうぞ、こちらの今回ご注文いただきました材料をお渡しいたしますね」

支払いを済ませ、材料が入った籠を受け取ると、初老の男性がニッコリ笑う。

「ヤマザキさん、魔法薬師になった一年目は、当協会が指定する魔法薬を調合し、それを協会へ提出しなければならない――ということを覚えていらっしゃいますか？」

「え？　あ、はい。もちろん覚えていますが？」

魔法薬を調合する時、調合方法や魔力の流し方などは人によって千差万別。

だから、一年間色々な魔法薬を提出させ、試験の時に提出されたものと徹底的に比べて、不正が行われていないかったかを見極める。

そんな説明をされたことを思い出し、それがどうしたのだろうと首を傾げていると、驚きの言葉を告げられた。

「それでは、最初に提出していただく魔法薬の出題をいたします」

「ほぇ？」

思わず間の抜けた声が出てしまった。

「提出していただく魔法薬ですが……今回作ろうとしているものと全く同じものを、同じ材料で調合し、提出してください。ちなみに、通常であれば材料を揃えるところからが提出課題で行う作業ですが、今回に限り、協会の負担で同じ材料を一回分、ご用意いたしましょう」

なるほど、同じものか。それなら色々と調べる必要もないから楽かな。

……って、そうじゃなくて。

「え、材料……いいんですか？」

そう。こんなに高級な材料を用意してくれるというのに、僕は驚いてしまった。

「ええ。今回購入された材料を使ってどんな魔法薬を調合するのか、上の者が気になったようでして。今回は協会で購入したもので同じものを作るようにとの上の者の指示でしたので、材料はこちらでご用意いたします。もちろん、完成した魔法薬は買い取りとして扱わせていただきます……あぁ、ご安心ください。次に出題する魔法薬は、他の魔法薬師と同じく、街でも手に入れやすい材料を使ったものとなりますので」

タダで材料を手に入れて調合するのに、買取までしてもらえるなんてラッキーじゃん！

『上の者』ってのが気になったけど、まぁ聞いても教えてもらえないよね。

そうだ。せっかくだから、以前から気になっていたことを聞いてみよう。

「あの、自分が調合した魔法薬を売る時の値段って、基準とかあるんですか？」

「……ふむ。そういえば、ヤマザキさんの故郷はここからとても離れた場所にあり、魔法薬師についてあまり知識がないとおっしゃっていましたね」

男性は、魔法薬師試験を受けた時にグレイシスさんから聞いた、僕が田舎《いなか》から出てきたという嘘《うそ》の身の上話を思い出しているのだろう。

試験官をしてくれたエドガーさんは、悪気は全くない感じで「田舎」発言してたけど……彼とは違って、気を遣った表現をしてくれて好印象だった。

うん、気遣いって大事よね。

……まぁ、別に本当に田舎から出てきたわけじゃないから、いいんだけど。

そんなことを考えていると、男性は納得したように頷く。

「……おそらく、シャム様も当たり前のこと過ぎて、ご説明を省いてしまったのでしょう」

そう言うと、僕に色々と教えてくれた。

「まず、『魔法薬の値段の基準』でございますが、答えは――『ない』です」

「えっ、そうなんですか⁉」

僕が驚いた表情をすると、頭の上のハーネも僕を真似してビックリした風の動きをする。

そんな僕達を見て笑いながら、男性は続ける。

「はい。なぜならばご存知の通り、魔法薬の作り方は千差万別、人によって全く違います。とすれば当然、同じ薬でも質が変わってくるでしょう。必要最低限の材料費を考慮した最低価格のようなものはありますが、魔法薬の出来栄えによって買取価格が変わってくるのが普通になります……そういった意味で、基準は『ない』と言えるのですよ」

なるほど、同じ名前の魔法薬だからといって、効果が違うのに買取価格が同じでは魔法薬師のモチベーション低下にも繋がるか。

「……とはいえ、買取側も鑑定が出来る者ばかりではありません。そのため、魔法薬の種類と、それを作った者の魔法薬師としての経歴や格によって、買い取り額を固定している店も少なくないのです。なので、販売する店は慎重に選んだ方がいいですね。それと――」

それから僕は、おそらく魔法薬師としては常識なのであろう事柄を、いくつも彼に教えてもらい、提出用の魔法薬の材料も受け取ってから、協会を後にしたのだった。

ケント特製魔法薬をお届け

《シュシュ〜》

たっぷり色々と教えてもらってから、魔法薬師協会の建物から出ると、頭上のハーネが羽を動かして籠の側まで近寄ってきた。

気になる匂いでもするのか、クンクンと熱心に嗅いでいる。

ピコピコと尻尾を振る姿は、とても機嫌が良さそうだ。

受付窓口に籠が置かれた時も、嬉しそうに嗅いでいたし。

そういえば、いつかフェリスさんが言ってたな。

ハーネの種族――葉羽蛇は、その鋭い嗅覚によって、嗅いだものの品質を判断することが出来るんだって。

だから、魔法薬の材料や植物、野菜なんかを街で買う時は、ハーネに嗅がせて判別させたらいいそうだ。

ハーネって可愛いってだけじゃなくて、戦闘の時や買い物の時にも大変役立つ魔獣だよね。

「よし、あとは魔法薬を入れる瓶を購入して、さっさと帰って調合しちゃおう」

《シュー！》

「よし、これで全部揃ったぞ」

僕は家に着くなり、自分の部屋の机の上に、『魔力抑制剤』の材料や瓶などの容器を並べる。

ついでに事前に調べておいた『体力増加』や『貧血改善』なんかの魔法薬の材料も並べる。

結構な量の材料が並んだ机を見て、今回は失敗出来ないぞと改めて気合いを入れた僕は、机上へと手を翳《かざ》した。

「『調合《コンパウンディング》』！」

そんな僕の声と共に、机の上全体に魔法陣が浮かび上がり——光が収まれば、そこには透明な液体の入ったガラス瓶数本だけが置かれていた。

出来上がった魔力制御剤を手に取り、早速『カメラ』で撮って『情報』の『その他』の項目から確認する。

【魔力抑制剤】
・調合者　　　：魔法薬師　ケント・ヤマザキ
・入手難易度　：――
・効果　　　　：魔力の過剰な放出を抑え、鎮静させるはたらきがある
・用法　用量　：瓶一本を数回に分けて飲むことで、一ヶ月効果持続
・魔法薬ランク：A
・治癒速度　　：B

「お、ランクがAになってる。それに効果の持続期間も一ヶ月って、かなり長いよね？　……これくらいのランクの魔法薬なら、アッギスさんの奥さんも治るかな？」

腕を組んで画面を見ながら、そういえばこの『入手難易度』って、ここでも書かれてないけど何だろうと首を傾げる。

もしかしたら、街やどこかで売ってみたら、表示されるようになるのかもしれない。

ちなみに、同時に調合した提出用の魔力抑制剤や、体力増加薬なんかの他の魔法薬も、同じような魔法薬ランクだった。

今の僕のレベルで調合出来る魔法薬は、ここまでということなんだろう。

もし異世界《地球》の材料を使わずに、この世界のものだけで作っていたら、もう少しランクは低かったんだろうな。

もし、これでもダメだったら……グレイシスさんが帰ってきてから、魔法薬を調合してもらえるように頼もう。

僕は瓶が割れないように気を付けながら、魔法薬をミニショルダーに入れる。

「よし、それじゃあ行くか！」

《シュー ッ！》

アッギスさんの元へ向かうために、ハーネと共に家を出た。


地図を頼りにアッギスさんの家を捜すことしばし、無事に辿《たど》り着くことが出来た。

僕がこの世界で最初にお世話になった警ら隊の派出所から、そんなに離れていない場所だったおかげで、迷わずに済んだ。

アッギスさんの家は、周囲が小さめの垣根《かきね》で囲われていて、玄関横にはロッキングチェアが置かれている。

大柄なアッギスさんには似合わない、こぢんまりとしたカントリー風の可愛らしい家だった。

「ここで間違いないよな？」

不安になりながら玄関のドアを叩く。

「――ちょっと待ってくれ、今出るから」

少しして、中から聞き慣れた声が聞こえてきた。

ドアが開くとアッギスさんが出てきて、僕を見た瞬間ポカンとした表情になった。

「……ケント？」

驚くアッギスさんを見て笑いながら、僕はミニショルダーから薬を取り出して、そのまま彼へと手渡す。

「アッギスさん、奥さんの症状を治すケント特製魔法薬……持ってきました！」


アッギスさんはすぐに、奥さんが寝ている部屋に僕を通してくれた。

部屋に置かれたベッドには、お腹の大きな女性――アッギスさんの奥さんが、青白い顔で息苦しそうに横になっていた。

アッギスさんは奥さんを気遣うようにそっと起こすと、肩を支えながら、僕が渡した魔法薬を飲ませた。

その表情は、ちょっと心配そうだ。

奥さんは相当具合が悪いのだろう、瓶に入った少量の魔法薬を飲むのにも苦労している感じだった。

コクリッ、と喉を動かし薬を一口飲んだ彼女は、再びベッドに横になる。

それからしばし様子を見ていると、魔法薬が無事に効き始めたのか、青白かった顔に赤みが戻ってきた。

苦しそうに息をしていたのも、徐々に穏やかになる。

そんな奥さんを見て、僕とアッギスさんは同時に安堵《あんど》の息を吐き出す。

こうして効果が出たのならば、ここから一気に悪くなることはないはずだ。

これで、ひとまずは大丈夫だろう。

あとは、瓶に残っている魔法薬を数日かけて飲めば、体調も元通りになるはずだ。

「ゆっくり寝ていろ。俺はケントと居間に行ってるから、何かあれば呼んでくれ」

肩まで毛布を掛けながら奥さんにそう声をかけたアッギスさんは、僕を促して寝室を出たのだった。

奥さんの寝室を出て廊下を奥に進み、外装と同じ可愛らしい感じの居間に通される。

きっと奥さんの趣味なんだろうな。

勧められて椅子に座ると、アッギスさんが立ったまま頭を下げてきた。

「ありがとな、ケント」

「そんな……僕がアッギスさんに受けた恩に比べたら、こんなのお安い御用ですよ。それにお礼を言うなら奥さんの体調が本当によくなって、無事にお子さんが生まれてからですね」

「ははは。俺こそ、そんな大したことはやってねーよ。でも、本当にありがとな」

アッギスさんは苦笑しつつそう言うと、棚の中から革袋を取り出してテーブルの上に置く。

それから、テーブルを挟んだ僕の向かいの椅子に腰を下ろす。

「俺は……魔法についてはとんと疎《うと》くてな。魔法薬に関しても、仕事で使う以外の知識がある方じゃない。でもよ、さっきケントから貰《もら》った魔法薬を妻に飲ませただけでも分かることがある。それは――お前が作ったものはスゲー魔法薬だってことだ」

アッギスさんはそう言うと、テーブルの上に置いていた革袋を僕の目の前に移動させる。

中に何が入っているのかと気になって袋の口を開けて――驚く。

だって、革袋の中には一番金額の高い札束がギッシリ入っていたからだ。

「アッギスさん、これって……」

「あぁ、これは魔法薬の代金だ。ほら、魔法薬師協会で働いてる知り合いがいるって言っただろ？そいつに相談した時に言われたんだよ。急な依頼時は手元に調合出来る材料がなくて、協会で調達することがあるから、高位の魔法薬師の場合でも、依頼金が馬鹿高くなる場合があるってな。それで、いくらくらいになるのかも聞いてたんだよ」

それで、この金額を用意していたのだとアッギスさんは言う。

「妻や子の命が助かるなら安いもんだ。だから、これは魔法薬を作ってくれたケントが受け取るべき、正当な報酬だよ」

受け取ってくれ、と言うアッギスさんに慌てる。

いやいや、これはどう見ても貰い過ぎだし！

僕は革袋の口を閉め直してから、アッギスさんの前へ戻した。

「これは……受け取れません。僕は、アッギスさんを助けたくてこの魔法薬を作ったんです。アッギスさんだって、グレイシスさんやフェリスさんに依頼をしに来たんであって、僕自身には依頼をしなかったでしょ？」

「だが……」

「本当に、あの時アッギスさんに声をかけてもらえなかったら……僕は今頃どうなっていたか分からないんですよ。あのまま野垂《のた》れ死んでいたかもしれないし、犯罪に手を染めていたかもしれない。そのことを考えれば、この金額以上の恩を僕はアッギスさんに受けています」

だから、お金は受け取れないと首を横に振る。

「それに、子供が生まれたらお金がかかるでしょ？　貯めておかなきゃダメですよ」

僕がそう付け加えると、アッギスさんはしばらく革袋と僕を見ていたが、はぁ～っと息を吐き出した。

「……分かった。そこまで言うなら、今回はありがたく魔法薬をいただくことにするよ」

「はい。そうしてください……それと、こちらもどうぞ」

僕はアッギスさんが受け取ってくれたことにホッとしながら、ミニショルダーの中から、他に作っておいた魔法薬を取り出してテーブルの上に並べていく。

「これは……？」

不思議そうにしているアッギスさんに、どういったものか説明したら――

「それじゃあ、これはちゃんと金を払うからな？」

そう言って、革袋の中から十万レンを取り出して僕の前に置いた。

「そのラインナップなら、この金額が妥当《だとう》だろう。これは譲らないからな」

どうやら、魔法薬に疎いと自認するアッギスさんでも、おおよその適正価格は分かるらしい。

とはいっても……十万レンは多い気がするんですが。

確かに『異世界のもの』を使っているから、同レベルの魔法薬師が作るものよりランクは高いかもしれないけど、それはアッギスさんには分からないことだ。

「でも、そんなに高い材料で調合したわけじゃないから、これは貰い過ぎですよ」

僕が困惑してそう言うと、アッギスさんは呆《あき》れたような怒ったような表情を浮かべる。

「はぁ……いいか？　ケント。お前の魔法薬は、さっきの魔法抑制剤を見れば、ド素人でも凄いもんだと分かる。しかも、凄い魔法薬師だっていう人物に師事してるんだろ？」

そこで一度言葉を切って、まっすぐに僕を見つめるアッギスさん。

「お前だって、俺の妻を治せる自信があるから、魔法薬を作って持ってきてくれたんだろ？　だったら、自分が作る魔法薬に対する評価を――自分で下げるな。『いいものは高い』なんて当たり前のことだ」

そのアッギスさんの言葉に、僕はハッとする。

「それにな、これからお前が魔法薬師として魔法薬を売ることを考えてみろ。たとえば、街で売られている魔法薬よりも効果が良いものも含め、全て低価格に設定したとする。お前の魔法薬はたちまち噂《うわさ》になって、買い求める客が増えるだろう。だが、そうしたらどうなるか……」

「それは……今まで適正価格で売っていた魔法薬師から恨まれるかもしれない、ってことでしょうか？」

僕がそう言うと、アッギスさんは頷く。

「そうだ。街で売られている魔法薬は、お前が作る魔法薬よりも効果が弱いものが多いだろう。だが、一般の魔法薬としてはそれが普通なんだ」

ここまではいいか？　と確認してくるアッギスさん。

「誰だって安くて良いものを買いたいと思うし、特に魔法薬は比較的高価なものだ。ケントの品質の良い魔法薬が安いと分かれば、今まで贔屓《ひいき》にしていた魔法薬師から買わなくなる……そうなれば、魔法薬師にしてみれば商売上がったりだ」

誰だって、そんなことをされたら面白くない。

「魔法薬師は、ある程度魔力を抑えて調合することが出来るって聞いたことがある。お前が魔法薬を高く売るのに抵抗があるんだったら、魔力を調整しながら、街で売っている程度のものを作って売ればいいんじゃないかと、俺は思うぞ」

目から鱗が落ちるとはこのことだ。

確かに彼の言う通り、この街の魔法薬師に迷惑をかけ、いらない喧嘩《けんか》を売ることになってしまっていたかもしれない。

それに、魔力を抑えて調合すればいいってことも気付かなかった。

「……そうですね、アッギスさんの言う通りだと思います。色々と教えてくださりありがとうございます」

僕はそう言って頭を下げ、ありがたく十万レンを頂戴することにした。

受け取ったお金をお財布に仕舞いながら、アッギスさんに大事なことを伝えていなかったのを思い出す。

「あぁ、それと、今回調合した魔法薬は全て妊婦さんでも服用して大丈夫なものばかりです。安心してください」

「何から何まですまねぇな。恩に着る」

「いえいえ。あと、魔力を抑える魔法薬の効果は一ヶ月続くとは思うんですが……流石に奥さんの体調を全て把握出来るわけじゃないので、医師にもきちんと見てもらってくださいね。それでもまだ何かあれば——魔法薬が必要なら、僕に声をかけてください。その時はグレイシスさんをご紹介しますので」

「あぁ、分かったよ」

アッギスさんは、ホッとしたように頷くのだった。


それからしばらく、出会った頃の懐かしい話をしたり、使役獣となったハーネを紹介したりと、僕とアッギスさんはリビングで話し込んでいた。

とはいえ、あまり僕が長くいたら奥さんがゆっくり休めないことに気が付き、お暇《いとま》することにした。

玄関まで見送ってくれる途中、アッギスさんが口を開く。

「……なぁ、ケント」

「はい？」

「もしお前が、魔法薬師として金を稼ぎたいって言うなら力になる。こう見えても俺はいろんな人間と交流があるからな。お前が作る魔法薬なら、俺達みたいな職業に就《つ》いている者や、冒険者なら欲しがると思うし、名前も知れ渡ると思うぞ」

そう言うアッギスさんに、僕は首を横に振った。

「ん～……ありがたいお言葉なんですが、僕は魔法薬師ではなく、暁の一員——冒険者なので、そっちをまず優先しようかと思います。でもそう言ってくれて嬉しいです。ある程度魔法薬師として力が付いてから、アッギスさんの力を借りたいと思うので、その時はよろしくお願いします！」

僕がそう言えば、アッギスさんは一瞬驚いたような顔をしたが、すぐに笑ってくれた。

「ああ、分かった。その時を楽しみにしてるよ」

僕も笑い返して、玄関扉のノブに手をかけたところで、再び声をかけられる。

「ケント、困ったことがあったら、いつでも連絡してこい……それに、子供が生まれたら知らせるから、顔を見に来てくれ」

「はい、ありがとうございます、なるべくお世話にならないように頑張ります……赤ちゃんに会えるのを楽しみにしてますね」

そうして、僕は、ハーネと共にアッギスさんの家を後にしたのだった。

さて、今回僕は、アッギスさんに渡したものとは別に、もう一本『魔力抑制剤』を持ってきていた。

「よし、それじゃあ魔法薬師協会に行くか！」

《シュー ッ！》

そう、このもう一本は、魔法薬師協会に提出するためのものだ。

せっかく作ったし、街に出たついでに提出しちゃった方が楽だからね。

というわけで、協会に向かった僕は、建物の中に入るとまっすぐ受付窓口までいく。

ただ、受付窓口には、いつも対応してくれる初老の男性はおらず、別の人が立っていた。

「こんにちは。魔法薬師のヤマザキです。今日は指定された魔法薬の提出に来ました」

受付の台の上に提出する魔法薬の瓶を置いてから、受付の人に声をかける。

受付の人——薄い緑色のふわふわした長い髪に、エルフのような長い耳を持つ女性は、僕を見て微笑んだ。

「あぁ、君が……噂のヤマザキ君ですね」

「噂……ですか？」

受付に立っている女性は儚《はかな》げな印象で、フェリスさんやグレイシスさんとはまた違ったタイプの美女だった。

長い耳に大小様々なピアスを着けているから、彼女はフェリスさんと同じエルフではなく、『妖精族』なのだろう。

この世界には、エルフ族と妖精族という、よく似た二種族がいる。

どちらも美しく、長い耳を持っている。

ただ、妖精族の方が少し華奢《きゃしゃ》で、長い耳にジャラジャラとピアスを付けたり、宝石など光るものを身に纏《まと》ったりするのを好む。

一方エルフは、過剰な装飾は好まない。

まぁ、その人それぞれの趣味はあるんだろうけど、種族全体としてもそういう傾向があるということだ。

それから、妖精族には羽がある。といっても、見えないようにすることも可能で、そうする人の方が多いらしいけど。

ともかく、そんな美女に『噂の』なんて言われると、どんな噂なのかドキドキしてしまう。

すると——

「ピーッ」

美女の首の後ろ――髪の毛の中に隠れていたらしい伝令リチューが、可愛い鳴き声を出しながら顔を出した。この間の子だろうか？

大きな目をパチパチさせながら辺りを見渡したリチューは、美女の肩から腕を伝い、台の上へ降りる。

そして僕が持ってきた魔法薬の瓶を、ヨイショッ！　という風に持ち上げた。

そのままリチュー専用のリュックの中に入れて、ムンッ！　とリュックを担ぐリチュー。

しかし担いだ魔法薬が少し重いのか、ヨロヨロしてしまっていた。

かーわいぃ～！

《シュシュ～♪》

「ピー………ビャッ!?」

そんなリチューを見て癒されていると、僕の頭の上で寛《くつろ》いでいたハーネが、嬉しそうな声を出しながら、僕の肩辺りまで降りてきた。

ピコピコと耳の葉と尻尾を揺らすハーネを見たリチューが、全身の毛を逆立てる。

その顔は、またお前かっ！　と言っているように見えなくもない。

「ビッ、ビッ、ビャビャーッ！」

リチューは警戒音らしきものを発しながらジリジリと後ずさったかと思えば、目にも留《と》まらぬ速さで美女の体を駆け上がり、首の後ろへ隠れてしまった。

そんなリチューを見て、僕は慌てて謝った。

「す、すみません！　うちのハーネが驚かしちゃったみたいで。こら、ハーネ。あんまり前に出るなって」

「ふふ、いいんですよ。私の使役獣はとても怖がりでね……君の使役獣は好奇心旺盛《おうせい》みたいですけど」

美女はそう笑うと、僕に少しここで待っているようにと言って受付の奥へと入っていく。

少しして、革袋を手にして戻ってきた。

「お待たせしました。こちらが、今回提出していただいた魔法薬の報酬になります」

台の上に置かれた革袋には、僕が提出した魔法薬の報酬金が入っているのだろう。

手に持っても、硬貨が入っているわけじゃないから、軽い。

さて、結構膨らんでるけど、どんなものだろうかと中を確かめれば……なんと一万レン札が七十枚入っていた。

つまり、七十万レン！

そんなに大きくない瓶に入った魔法薬を、七十万で買い取ってもらえるの⁉

そう驚く僕を見て、美女は微笑みながら説明してくれる。

「驚きましたか？　念のためお伝えしますが、普通の材料を使った魔力抑制剤は、こんな高い値段にはなりません。今回高額になった理由は二つ。一つは、希少な『泥熊の牙』や、魔法薬師協会で仕入れた材料を使って調合していること。もう一つは、仕上がりが腕のいい中級魔法薬師レベルだったことですね」

　確かに薬のランクはAランクだったから、彼女の言っていることに間違いはない。

　今回は材料費がタダだったけど、本来の出費が五十万レン以上だったとしても、二十万くらい儲《もう》かったことになるのか。

　というか、買い取り額でコレってことは、売るとなると値段は上がるよね？　そりゃ一般人には手が届かないわけだよ。

　そんなことを思いながら、革袋を収納機能付きの腕輪の中に入れていると、受付の美女が口を開く。

「さて、提出手続きは以上になります。次の提出魔法薬の指定は、少し期間をあけてからご連絡いたします」

「あ、はい。よろしくお願いします」

　僕は頭を下げてから、受付窓口から離れて出口へと向かう。

頭から腕の方へ降りてきたハーネの頭を撫で、今日の夕食はハーネの好きなチーズをいっぱい入れてやるからな～と話しつつ、ちらりと振り返る。

受付窓口では、あの美女とリチューが、微笑みながら僕達を見送ってくれていた。


家に帰る途中、歩きながらタブレット画面を見つつ、考える。

今後、体調の悪い人に自分が作った魔法薬を渡す場合も出てくるだろう。

僕が作れる魔法薬は、『普通の材料を使用したもの』と『異世界の材料を使用したもの』があり、後者の方が効果は高くなる。

それに加えて、協会で最高級の材料を購入して異世界の材料と一緒に調合すれば、さらに高い効果を得られることが今回分かった。

とはいえ通常の使用の範囲であれば、協会の材料を使わなくても十分だろう。

今回のアッギスさんの奥さんのように、容体《ようだい》がかなり悪い人をすぐに治したい場合は、協会の材料を使う必要が出てくる。

まぁ、色々な種類の魔法薬を調合して比較してみないと、それぞれどう違うのかハッキリとはいえない。

ただ……比較しようにも協会で購入すると費用がかさむから、気軽には出来ないんだけどね。

それにしても、今回はアプリのレベルアップにだいぶ助けられたな。

「やっぱりこれ……タブレットの全アプリのレベルを上げまくったら……めっちゃチートになれんじゃね？」

今まで心の中で思ってはいたけど、口に出すとそれが『本当』になりそうな感じだ。

いつかはチートになれるといいなぁ～と思いつつ、レベルを上げるにはバカ高い金額が必要になることを思い出し――そっとタブレットの画面を閉じる。

小説や漫画、ゲームのような俺TUEEEEな自分というより、タブレットTUEEEEな気がしなくもないが。

フェリスさんからのお知らせ

アッギスさんに魔法薬を渡してから数日が経った頃。

その日もギルドで依頼を受けていた僕が、終了報告のためにギルドに向かうと、アッギスさんがギルドで待っていた。

どうやら、僕の魔法薬で奥さんの体調が凄く良くなったらしく、その報告のためにわざわざ来てくれたそうだ。

話によると、『魔力抑制剤』を飲んでから中毒症状が改善し、無事に元気な子供を産むことが出来たとのこと。

アッギスさんはとても嬉しそうな表情だ。

「少しでもお役に立てたならよかったです」

そう言って笑いかけると、ゴツくて大きなアッギスさんの両手が、僕の右手を包み込む。

「ケント、お前には本当に感謝している。妻や子を助けてくれて……本当に、恩に着る！」

アッギスさんはそのまま、ガバッと頭を下げる。

「あわわわ！　アッギスさん、頭を上げてください！」

強面《こわもて》の男が、頼りなさそうな少年《僕》に頭を下げているのを見たギルドの中にいる人達の視線が……痛い。

僕はそのままアッギスさんを連れて建物の外へ出る。

「アッギスさん、もう頭を下げ合うのはやめましょう。また何かお互いに助けが必要になった時は、助け合いましょう」

僕の言葉に、アッギスさんは苦笑する。

「お前が今回してくれたことは、俺がした手助けなんかよりも凄いことなんだぞ？」

「そんなことありませんって」

アッギスさんがいなかったら、僕は本当にどうなっていたか分からないんだからさ。

アッギスさんは顔をくしゃりと歪《ゆが》めながら笑うと、僕の肩にポンと手を置いてから感謝の言葉を述べ、仕事場へと戻っていった。

「ああそうだ、もう少し落ち着いたら、ぜひ子供の顔を見に来てくれ。妻も喜ぶから！」

「分かりましたー！」

振り返りながら言うアッギスさんに、僕は声を張り上げて手を振る。

アッギスさんの背が見えなくなってから、僕も踵《きびす》を返して家路についた。

家に帰れば、お腹を空かせている子供……ではなく、暁の皆が僕を待ってるだろうからね。


鼻歌を歌いつつ家に帰ると、予想通りというかなんというか、暁の皆が熱烈に出迎えてくれた。

たぶん、かなりお腹が空いているんだろうね。

ちなみに今日はフェリスさんから大事な話があるということで、この時間にしては珍しく皆が揃っている。

「すみません、お待たせしました。今から作るので待っててくださいね」

そう言って台所に行こうとしたら、フェリスさんが引き留めてきた。

何事かと思ったら……

「疲れてるでしょ？　たまには手抜き料理でもいいんだよ？」

という優しい言葉をいただいた。

皆も頷いてくれたので、ありがたーくそうすることにする。

台所に立ち、何にしようかな～と悩んでいると、頭に乗っているハーネも僕を真似て首を傾げているのが分かった。可愛い奴め。

いつもなら『レシピ』を開いてメニューを考えるところだけど、手抜きでいいと言ってもらったので、冷食にしちゃおうかな。

『ショッピング』を開き、画面をスクロールしていると、あるモノに目が留まる。

それは——

『アツアツとろ～り　冷凍ピザ』だった。

超王道のマルゲリータやチーズ好きにはたまらないクアトロフォルマッジ、鶏肉がいっぱい入ったディアボラ……などなど、豊富な種類がリストに載《の》っている。

「ピザか～、久しく食べてないから食べたいかも……」

一枚じゃ六人のご飯には足りないかもしれないけど、これだけ種類があるなら十分だろう。

ということで、今日のご飯は冷凍ピザに決定です！

早速『ショッピング』で購入し、袋からピザを取り出して皿の上に置いて、ハーネに温めを頼む。

ハーネは可愛く一鳴きすると皿の周りを体で囲み、羽を震わせながら温め始めた。

電子レンジ代わりになるハーネさん、僕は魔法を使えないので本当に助かります。

それから、どんどん購入したピザを温め——チーズが溶けて出来上がった順に、リビングにいる皆の元へと持っていく。

さっきまではお腹が空いたと嘆《なげ》いていた皆だったが、一様に驚きの表情を浮かべていた。

「手抜きでいいよ」と言ったのに、いかにも手が込んでいて美味しそうな匂いのする、見たこともないものが短時間で出てきたからだろう。

色々な種類のピザを見ながら、皆は口をポカーンと開けていた。

「初めて見る食べ物だけど……どれも凄く美味しそうな匂いがするわ。でも、こんな手の込んでいそうなものを短時間で作るなんて凄いわね」

グレイシスさんが、皆が思っていることを代表して言ってくれたみたいなんだけど、僕にとっては本当に手抜き料理なんだよね。

なにせ、調理は一切していないんだから。

買って、皿に載せて、ハーネに温めてもらう。包丁すら持っていない。

とはいえタブレットのことは言えないから、元々作り置きしていたものを温めただけだと言えば、皆はあっさりと納得してくれた。

僕はホッとしつつ、どんな料理なのか説明していく。

「これはパン生地を薄く丸く伸ばして焼いた、『ピザ』という料理です。僕の故郷ではよく食べられていて、老若男女《ろうにゃくなんにょ》問わず人気なメニューですね。このまま食べても美味しいですし、お好みで味を足すのもオススメです」

『ショッピング』で購入しておいたタバスコやオリーブオイル、蜂蜜にケチャップ、それにクラッシュレッドペッパーなんかの調味料をテーブルに置いていく。

「それから、切り分ける必要があるんですが……誰か、綺麗に六等分に出来ますか？」

器用そうなフェリスさんか、几帳面《きちょうめん》なケルヴィンさんが得意そうだなー、なんて思いながらそう言うと、皆の視線が一気にラグラーさんへと向かった。

え、ラグラーさん？　こう言ったらなんだけど、あんなにガサツそうなのに？

驚いている僕をスルーしつつ、ラグラーさんが机の上に置いていた包丁を手に持ち、目算で綺麗に六等分にカットしていく。

ピザは寸分の狂いもなく、同じサイズにカットされていた。

驚く僕に、フェリスさんが笑いかける。

「私達が切ると、大きさがバラバラになるのよね～。その点、ラグラーはこういった細かい作業とか得意よね」

「いや、俺が得意ってわけじゃなくて、お前らが適当過ぎる……というか、何事も雑なんだよお前らは」

そう溜息を吐きつつも、他のピザも綺麗にカットするラグラーさん。

そろそろ見た目とのギャップに驚かなくなってきた僕がいる。

それから、皆で熱々のピザをお腹いっぱい食べながら、今日あった出来事を楽しく話し合ったのだった。


冷凍ピザは、思いのほか皆から好評だった。またこんな感じで、冷凍食品を出してみるのもいいかもしれない。

そんなことを思いながら、まったりと食後のデザートを楽しんでいた僕だったが、フェリスさんが急に真顔になって居住まいを正したのを見て、一気に緊張する。

これから何を言われるんだろう？

そんな僕とは対照的に、他の皆はそれぞれ寛いでいた。

あれ？　気になってない？　それか気にしてないだけ？

それぞれの反応を示す僕らに、フェリスさんは口を開く。

「皆、少し話があるんだけど」

「なぁ〜に？　そんな真面目な顔して話すことなの？」

いつものように軽いノリで、グレイシスさんが問う。

「えぇ……ここ最近、セーガルストの丘にある中級ダンジョンで、魔獣が異常発生しているのは知ってる？」

「まぁ……噂くらいなら知っているわね」

「俺らも同じだな」

セーガルストの丘？　初めて聞いたな。

頭にはてなマークを浮かべる僕に、ここから馬車で三日以上かかる場所にある、それなりに強い魔獣が出現するダンジョンだとクルゥ君が教えてくれた。

コソコソと話し合う僕達を横目に見ながら、ラグラーさんが首を傾げる。

「それがどうしたんだ？」

「実はそのダンジョンに、暁として魔獣の討伐に向かいたいの」

その言葉にまたしてもキョトンとする僕。

……つまり？

「つまり、ここにいる全員で、魔獣が異常発生しているダンジョンに、討伐しに行きたいって言ってるのよ、フェリスは」

グレイシスさんが僕を見ながらそう教えてくれたのだが、僕は慌てた。

全員とは、僕を含めての暁の全員だろう。

「ぼ、僕、まだそんな強い魔獣が異常発生しているような中級ダンジョンに行けるほど、強くないですよ!?」

初級ダンジョンの奥ですら、一人で行ったことないんだけど。

まだまだ足手纏いになりそうなんですが……

「ボクだってムリだよ！」

泡を食う僕の隣で、クルゥ君も首を横に振る。

だけどフェリスさんは微笑むだけだ。

「大丈夫、何事も経験って言うでしょ？　それに、いつまでも同じ強さの魔獣と戦っていたって、強くなれないわよ？」

そう言われ、何も言えなくなる僕とクルゥ君。

そんな僕達の会話を腕を組んで聞いていたケルヴィンさんが、フェリスさんを静かに見る。

「お前が『皆で行こう』だなんて言うんだ……何かがあるんだろ？」

ケルヴィンさんの言葉に、皆が一斉にフェリスさんを見る。

僕達の視線を一気に受けたフェリスさんは、ふふふと笑いながら口の端をぐぃ～んと引き上げた。

「お・か・ね・よ！」

異常発生している魔獣を討伐すれば、かなりの報酬金が手に入るんだとか。

そして討伐参加の条件は、Bランク以上のパーティであることと、パーティ全員が参加することの二つ。

今後のこともあるし、そろそろ纏まった金額を暁として蓄えたい——それが参加したい理由みたいだ。

「それに、あのダンジョンは中級だけど、異常発生で出てくる魔獣の中には、初級ダンジョンの魔獣も含まれるから大丈夫よ。私達もいるしね」

僕とクルゥ君に言い聞かせるようにそう言うフェリスさん。

その説明を受けて、グレイシスさんもラグラーさんもケルヴィンさんも、反対することはなかった。

こんな雰囲気なのに、僕やクルゥ君が「行きたくない」なんて言えるはずもない。

つまり、異常発生している魔獣の討伐に行くのは決定事項ということだ。

マジか～！

思わず頭を抱えそうになる僕を尻目に、フェリスさんは説明を再開する。

「この討伐依頼を受けるのは、もちろん高い報酬金が第一の目的ではあるけど……命の危険を冒してまでやるべきことでもないわ」

フェリスさんはそう言いながら、だから、と続きを話す。

「本当に危ない状況になったら、私が魔法ですぐに安全な場所へと皆を移動させるから、安心してね」

「自分より強い魔獣と戦う経験も必要だ。自分の力量がどの程度なのか、どのような逃げ方をすれば一番安全なのか、身をもって体験出来る。それなりの怪我はするかもしれないが、怪我をしない冒険者は一人もいない」

フェリスさんに続いて、ケルヴィンさんも僕とクルゥ君を見ながらそう言ってきた。

確かに、戦闘経験って必要だよな。うんうん。

クルゥ君と視線を合わせて頷き合い、皆に向かって僕達も頑張ってみると伝えた。

フェリスさんはそんな僕達を見て、柔らかく笑う。

そして、テーブルの上に細いシルバーの指輪を三つ置いた。

フェリスさんが右手の中指に嵌めているものと同じみたいだ。

彼女の右手の指輪の中央には小さな赤い宝石のようなものが埋まっていて、テーブルの上にある指輪も一つは赤い宝石のもの。残りの二つは青い宝石が埋まった指輪だった。

赤い宝石の指輪を僕が、残りの指輪はそれぞれケルヴィンさんとクルゥ君が嵌めるよう言われる。

「この指輪には補助魔法がかかっていてね。クルゥやケント君が危機的状況に陥《おちい》った場合にのみ、同じ色の宝石が埋められている指輪を嵌めている私か、ケルヴィンに知らせが来る仕組みになっているの。もしダンジョン内で私達と離れ離れになっても、魔法を使って私達の近くに呼び寄せることが出来るのよ」

そうフェリスさんは言うと、立ち上がって部屋の隅にまで歩いていき、指輪に左手を翳す。

すると、フェリスさんの指輪の宝石に淡い光が灯り、僕が嵌めている指輪の宝石も同様に光り出したかと思えば――視界が一瞬ブレる。

そして、気付けばフェリスさんの胸に顔を押し付けるようにして、抱き締められていた。

「ほわぁ!?」

変な声を出して驚いていると、柔らかい胸が離れていく。

ほっとしたような、ちょっと残念なような、寂しいような……

フェリスさんはふふふと笑いながら、僕の肩に手を置いてくるりと回すと、皆が見ている方へ僕を向け、そのまま僕の背中へ抱きつく。

「このように、どんなに離れていても魔法で近くに呼び寄せることが出来ます。クルゥの場合はケルヴィンの元へ行くわね」

だからダンジョンでも心配無用よ、と付け加えて笑うフェリスさんであったが、僕は背中に当たる柔らかい感触に意識を持っていかれて、それどころじゃなかった。

フェリスさんに抱きつかれ、顔を紅く染めている僕を見ながら、クルゥ君は真顔になる。

「ボク、呼び寄せられる時に、あんな風にケルヴィンに抱き締められたくないんだけど……」

「……私だって、男を抱き締める趣味はない」

真顔で注文を付けるクルゥ君に、ケルヴィンさんは眉間《みけん》に皺《しわ》を寄せつつ首を横に振っていた。


そんなこんなで、暁全員でのダンジョン行きが決定した。

自室に戻り、ダンジョンに行く準備を少しずつでも始めることにする。

まぁ、明日からすぐに行くっていうわけじゃないんだけど、準備するに越したことはないよね。

たぶん、回復系や状態異常の魔法薬は必要になるとは思うんだけど、そこは僕よりも凄い魔法薬師であるグレイシスさんやフェリスさんがいるから、そんなに持っていく必要はないでしょ。

自分のものを収納する用の腕輪もあるけど、ある程度ものを入れても膨らまない、重くならないショルダーバッグをフェリスさんから暁のメンバーとして支給されている。そちらの方に、服や下着など色々なものを入れていく。

ハーネはといえば、ベッドの上で蜷局《とぐろ》を巻いて不思議そうな顔で僕のやることを見ていた。

最低限の必要なものをバッグの中に入れ終えてから、僕はタブレットを開く。

そして――

「あれ？　何か新しいアプリがあるぞ？」

三つの新しいアプリ

タブレットの画面を見れば――薄暗くなっていて、名前が『■■』表示になっているため詳細は分からないけど、新しいアプリが三つもあった。

「おぉ!?　新しいアプリじゃん！」

『魔法薬の調合』のレベルを上げたから出てきたのだろうか？

でも、一気に新しいアプリが三つも出てくるなんて、初めてだな。

見られないアプリをタップする。


【ロックの解除には５００００ポイントが必要です。解除しますか？　はい／いいえ】

もちろん、ここはロックを解除すべきでしょ！　と『はい』を押す。

そして残りの二つについても、同じようにロックを解除する。

アプリのロックを三つ同時に解除したので、タブレットに表示されている十五万ポイントが一瞬にして消え、すぐに薄暗かったアイコンの上に時計マークが付いた。

「新しいアプリはなんだろな～」

時計マークが消えるのが待ち遠しい。

僕がウキウキしながらタブレットを見ていると、そんな僕を瞬《まばた》きしながら見ていたハーネが羽を動かし、頭の上に乗ってきた。

《シュ～？》

「ははは、尻尾がくすぐったいよ」

僕の頭の上に乗りながら、尻尾を首に一回転巻き付けたハーネが、その先で僕の頬を撫でる。なんだか機嫌が良さそうだな
そんな風に戯《たわむ》れていると、時計のマークが消えて、ついに新しいアプリが使えるようになった。

【新しいアプリが使用出来るようになりました】

【Ｎｅｗ！『ナビゲーション　Lv１』】

【New！『危険察知注意報　Lv1』】

【New！『傀儡師《くぐつし》　Lv1』】


なんか、また今までと違った感じのアプリが出てきたなぁ〜。

タブレットの画面を見ながらそんなことを考えていると、ハーネが僕の右肩まで降りてきて顔を伸ばし、頬擦《ほおず》りしてくる。

「ははは。だから、くすぐったいからやめろって〜」

《シュシュ〜♪》

くすぐったさに笑いながらハーネの顎を指で撫でつつ、新しいアプリを試すことにする。

まずは『ナビゲーション　Lv1』を起動させてみるか。


【『ナビゲーション』――タブレット使用者が立っている場所から半径100メートル内を表示します】

【※レベルを上げると表示される範囲が広がったり、『道案内機能』や自分以外の人物、動物、魔獣、魔草がいる場所を表示することが出来るようになったりします】

そんなアナウンスの後、タブレットの表示がカーナビの画面のように切り替わった。

画面の中は自分の部屋の他に居間や台所、それに皆の部屋が表示されている。

なんだか間取り図っぽいな。

「おぉ、すげぇ！」

ハーネを肩に乗せたまま、タブレットを持って部屋から出てみる。

自分が動けば、画面中央に位置する自分――『矢印』が動く。

そのまま画面を見ながら外へ出ると、部屋の間取り図みたいなものから、カーナビの平面地図画面へと変わる。

お～、けっこう楽しいな、これ。

そのまま、もう一つの新しいアプリ、『危険察知注意報　Lv1』を起動してみた。


【『危険察知注意報』――タブレット使用者の周囲を見張り、危険な状況をお知らせいたします。こちらのアプリと『ナビゲーション』アプリは、Lv3から連動することが出来ます】

【※『危険度0～39』タブレット使用者が敵と遭遇しても勝てる、または逃げ切れる】

【※『危険度40～69』自分の力だけでは戦えません。応援を呼ぶか、逃げましょう】

【※『危険度70～89』命の危険が迫っています。即刻逃げましょう】

【※『危険度90～100』即死します】


ほぅほぅ、危険度があるわけね。

四段階か～……って、二段階目の『危険度40～69』でも、逃げ切れなかったら普通に死ぬんじゃないかしらん？

まぁ、今回魔獣討伐に行くダンジョンの場合、絶体絶命のピンチに陥った時はフェリスさん達に助けてもらえるから、即死することはないだろう。

そんなことを思いつつ、んじゃ、今いる場所はどうなんだ？　と思って画面をタップしてみる。


【『ファオル町』危険度：0】


ファオル町ってのは、暁の家がある、村に限りな～く近いこの町のことだ。

お隣さんの家と歩いて十分以上離れている、のどかな風景が広がるド田舎でございます。

ギルドとか協会とかの建物がある街まで、歩いて四十五分くらいかかる。

そんな何もないド田舎なんで、危険は全くないのも納得だ。

でもこのアプリは魔獣討伐へ行く前に、レベルを2まで上げた方が絶対いいだろうな……出来れば3まで上げたいけど、ちょっとお金がね……

これまでは、ある程度危険な魔獣とかがいたらハーネが教えてくれてたんだけど、ハーネでも気付けないような魔獣だっているかもしれない。

そういった事態に備えて、レベルを上げておくのは必須だろうな。

そんなことを思いながら、最後のアプリを起動させる。


【『傀儡師』――レベルが1～15程度の『人』や『動物』を意のままに『操る』ことが出来ます（死者や魔草、無機物などは除く）】

【※Lv1の場合、『傀儡師』を一回使うごとの魔力消費は『10』。対象者を一分間操ることが出来ます】

【※操れる対象は一人（一匹）のみ。レベルが上がると増やすことも可能】

【※Lv3以上から、『魔獣』など様々なものを操ることが可能になります】


え、何これ……

意のままに操るって怖くない？

ハーネをチラリと見ると、どうしたの？　と不思議そうな顔をされた。

ハーネは魔獣だから、今の『傀儡師』のレベルじゃ操ることは出来ない。

なんでもないよ～とハーネに笑いかけながら、そこら辺にいる動物にちょっと試してみようと思い付く。

家の前から離れ、しばらく歩いていると――

「お、あれはベッシーちゃんじゃありませんか！」

僕とハーネが歩いている道から少し離れた花畑に、お隣さん家の飼い猫、長毛種のペルシャ猫っぽいベッシーちゃんがいた。綺麗な花を潰すようにして、寝っ転がって毛繕《けづくろ》いしている。

あぁー、あそこはお隣さんが大切に育てている花畑なのに……

また飼い主さんに怒られるぞ～と思いながら、ベッシーちゃんで『傀儡師』のアプリを試してみようと、にんまりと笑う。

道から逸れて、ベッシーちゃんがいる花畑のあたりまで近付いてから、『傀儡師』を起動させる。


【どの対象を『傀儡』にしますか？】

タブレット画面に『傀儡』に出来る――つまり操れる対象者が、まるで卒業アルバムの写真ページみたいにズラーッと並ぶ。

もちろんハーネもその中にあったが、他の対象がカラー写真な一方で、白黒写真になっていた。

たぶん、カラー写真だけが選べるということなんだろう。

リスト内には、視界に入っていないような、そこら辺に隠れているネズミや猫、空を飛んでいる鳥や、家の中にいるらしきベッシーちゃんの飼い主さんまで表示されていた。

ただ、空を飛んでいた鳥が百メートルくらい離れた辺りから、画面に表示されていた鳥の写真が消えてしまった。対象が離れ過ぎると、操れなくなるのかもしれない。

これは色々試してみないとだな。

と、いうことで。

「それじゃ、ベッシーちゃん。ちょっとごめんね～」

画面上に表示されているベッシーちゃんの写真をタップしてみた。

その瞬間、寝転がっているベッシーちゃんの体の周りが淡く光り出した。

こういう場合、ハーネがなんらかの反応を示すんだけど……何も反応がないから、ハーネにはこの淡い光が見えていないのかもしれない。

タブレットの画面上に視線を戻せば、傀儡対象としたベッシーちゃんの下には、横長の赤いメーターが新しく表示されている。

メーターの右端には時間を刻むタイマーが表示されており、『**01：59**』『**01：57**』と表示が減るたびに、メーターもどんどん短くなっていく。

どうやらこのメーターが、操れる時間を示しているようだ。

僕は画面からベッシーちゃんへと視線を移し、頭の中でベッシーちゃんが立ち上がる姿を想像する。

すると――

「おぉぉ！　ベッシーちゃんが立った！」

猫背はどうしたと言いたいくらいのまっすぐさで、ベッシーちゃんがシャキンッと立ち上がっていた。

僕が頭の中で想像した動きを、そのままコピーしたように動かせるみたいだ。

僕はベッシーちゃんに敬礼のポーズをさせたり、盆踊《ぼんおど》りをさせたり、前足を軽くハの字に広げ、後ろの片足だけ上げてから漢字の『命』みたいなポーズをさせたりして、ちょっと遊んでみた。

それから、僕の近くに寄ってこさせて、その白銀色のもふもふ毛並みを触らせてもらう。

もふもふもふんっ！　と、手がふわふわな毛の中に埋もれる。

普段のベッシーちゃんは照れ屋さんなのか、近くに寄ってくることはあっても、絶対に触らせてくれないのだ。

ここぞとばかりに、フワモコなベッシーちゃんの長毛をわしゃわしゃと撫で回す。

ほわぁ～気持ちいい！　もっふもふ！

「ベッシーちゃん可愛いねぇ～。よ～しよしよしよし」

しかし、至福の時間はあっという間に終わってしまうものだ。

タイマーが『00：00』になり、ベッシーちゃんの体を取り巻いていた淡い光が消える。

その瞬間、「ニギャーッ！」と威嚇《いかく》され、ついでとばかりに手の甲を鋭い爪でひっかかれてしまった。

バビュンッ！　という音がしそうな勢いで家の中へと入っていくベッシーちゃん。

めっちゃ手が痛いけど、至福のひと時を味わえた……ありがとう、ベッシーちゃん！

ハーネに手の傷を心配されたので、家に帰ってから自分の部屋にある傷薬の魔法薬を塗って、完治！

本当こういう時、魔法薬っていいよね。

傷が治ったのを見て安心したハーネは、また僕の頭の上に乗ってまったりし始める。

ベッドの上に座りながらタブレットを眺めつつ、僕は腕を組む。

「う～ん。『魔法薬の調合』のレベルが上がれば、『傀儡師』のアプリに似た、人や動物とかを操れる闇魔法系の魔法薬を作れそうな感じがするけど……『魔法薬』と『傀儡師』だと何か違いがあるのかな？」

この世界のことだ、『傀儡師』と似たような人を操る魔法薬を調合出来る可能性は高いだろう。

ただ、とんでもない材料が必要になるかもしれないし、そもそも僕の意のままに操ることが出来るとは限らない。

『傀儡師』のアプリだって、僕が操る対象者をずっと見ていないといけないのか、それとも見ていなくても操れるのかは、色々とやってみなきゃ分からない。

「う〜ん。今のところは、他のアプリのレベルを上げた方が良さそうかな〜？」

人間相手に使いたいとも思えないし、使うとしたらベッシーちゃんみたいなもふもふ動物をもふりたい時だろうか？

それじゃあ戦いの時には役に立たないしな。

そんなことを考えながら、ベッドの上に大の字に寝っ転がる。

しかし僕は知らなかった。

『傀儡師』というアプリが、後に凄く役に立つということを。

ダンジョンへ！

新しいアプリを取得して一週間後。

ついに、暁全員で魔獣討伐に出発する日がやってきた。

それまでの間に、僕は良質な魔法薬を出来るだけ多く調合した。そして、まだ魔法薬師として無名である僕の魔法薬を一番高く買い取ってくれる、グレイシスさんがお勧めするお店——『リジーの魔法薬店』へ売ってきた。

そこは可愛らしい外見のウサギの獣人が切り盛りする魔法薬店なんだけど、良質な魔法薬じゃなければ買い取ってもらえないとグレイシスさんから聞いた。

そのため、自分が調合した魔法薬が売れるのかどうか——認めてもらえるか、ドキドキしていた。

結果は——良好だった。

しかも、自分が思っていたよりも高く売れたのだ。

実は以前何度か、街にある魔法薬の販売店に薬を売りに行ったことがある。

その時言われたのは、魔法薬師になって一年未満だと、小さな缶に入った傷薬の魔法薬で二百レン。少し大きい五十ミリリットルくらいの小瓶に入った痛み止めの魔法薬で六百五十レン。それ以外のものも、同じような価格でしか買い取れないとのことだった。

でも、『リジーの魔法薬店』は違った。

僕が作った魔法薬の効能をその場で試し、使っている材料を聞き、精査した上で買い取ってくれたのだ。

その金額が、傷薬の魔法薬が千五百レン、痛み止めが二千八百レンだった。

結果を聞いた僕は、そりゃもう驚いた。

だって傷薬なんて、買取価格が一気に七倍以上なんだよ？

本当にその金額でいいのかと思わず聞いてしまったくらいだ。

どうやらリジーさんは、協会の受付で初老の男性が言っていたように、しっかりと魔法薬を見て買取価格を決めてくれるらしい。

適正価格で、しかもそれどころか、自分で思っていた以上の値段で買い取ってもらえて、とても嬉しかった。

魔法薬販売で手に入ったお金と、毎日ポイントをもらえたりステータスを上げられたりする『デイリーボーナス』アプリで貯めたポイント、それから暁の給料が入ってきたこともあって、タブレット内のポイントはかなり貯まった。

というわけで、昨日のうちに『ナビゲーション』と『危険察知注意報』のレベルを一つずつ上げてある。

もちろん、どうレベルアップしたのか確認するために、近くの初級ダンジョンに行って調べてみた。

『ナビゲーション』は、表示半径が百メートルから三百メートルに広がり、自分を示す青い矢印の他に、白、黒、赤の丸いマークが出現した。

『白』は暁の皆やハーネを示していて、『黒』は僕や暁のメンバー以外の人々。そして、『赤』は魔獣や魔草などを示しているのが分かった。

また、『危険察知注意報』は、そこまで大きく変わったわけではなく、感知の半径が四百メートルになったくらいだった。

タブレットの説明では、『ナビゲーション』と『危険察知注意報』はLv３で連動するらしいけど……連動ってどうなるんだろう？

ただ、それを確認するには両方のレベルを上げて、実際にやってみないと分からない。

そしてレベルアップにかかるポイントが『ちょっと』以上に高かったので……今回はやめておいた。

うん、何かがあればフェリスさんから貰った指輪もあるし、大丈夫でしょ！

こうして、新しいアプリを取得したりレベルを上げたりして準備万全にしつつ、魔獣討伐という日を迎えたのである。

さて、暁の皆とギルドへ行く前に、荷物分担をまず決めた。

僕達暁のパーティには補助員——つまり、僕が前に所属していたパーティ『龍の息吹』でやっていたような雑用係はいない。そのため、自分達で色々な荷物を持ったり準備したりしなきゃならないのだ。

今回の目的地のダンジョンは、この街から三日程度。そして実際にダンジョンに潜るのは、一日や二日ではなく、長期戦になるだろう。

その間、食料はダンジョン内で確保するか、持ち込んだ携帯食を消費するしかない。

魔獣は食べられなくはないが、食料にするにはあまり向いてないので、基本的に腐りにくいように乾燥させた携帯食しか食べない。

龍の息吹にいた頃、一度この携帯食を食べたことがあるけど……石みたいに固く、味も不味《まず》かった。あまりにも食べられたものじゃないので、こんなのでお腹が膨れるのかと疑問に思ったほどだ。栄養価は高いらしいけどね。

僕の場合は本来であれば、『ショッピング』があるから、携帯食をそんなに持ち歩く必要はない。

とはいっても、皆には秘密なので今回は携帯食を持ち込むしかないんだけど。

まぁ、『レシピ』があれば魔獣を美味しく食べることが出来るからなー、食べ物に困ることは無いかな。

というわけで今回の僕の持ち物は、平皿と深皿、コップやスプーン、フォークなんかの食器、それにまな板や包丁、鍋にフライパンといった調理器具と、小さな容器に移した調味料だ。

あとはいつも通りの荷物を、腕輪に詰め込む。

実はふと疑問に思って、ダンジョン内で調理をする時間なんてないんじゃないか？　と聞いたことがある。

だけど──

「討伐作業で疲れた後に食べる『美味しいご飯』は活力の源だ！」

「ケントのことは絶対守るから、ご飯作りよろしくね！」

みたいなことを口々に言われてしまった。

うん、食事って大事だよね。

そうそう、着替えの服や下着なんかも、数日前に腕輪に入れておいたから大丈夫。

ダンジョン内部にずっといる場合、二着くらいを洗って着回しするか、そもそも着替えを持って行かず、着っぱなしが普通だ。

水で濡《ぬ》らしたタオルで体を拭くだけで、連日体を洗えなかったり、洗濯《せんたく》が出来なかったりすることも多々ある。

なので、魔力を温存したい場合は別だけど、余裕がある場合は『浄化魔法』を使って汚れを取ったりするんだ。

他の皆も各々の荷物を収納アイテムに入れていた。

僕の収納アイテムである腕輪はタブレットが変形したものだから、この世界に来た時点で持っていたものになる。

しかし普通に収納アイテムを買おうとすれば、かなり高額になる。

そんな超高額な品を、皆持ってるんだよね～。

グレイシスさんは、フェリスさんと二人で作った魔法薬を腕輪の中に大量に詰め込んでいた。

ちなみに、いざという時のために、二人が作った強力な回復薬（傷&魔力&状態異常と、何にでも効くらしい）を各々二つずつ手渡されている。

ケルヴィンさんに目を移せば、防具や飛び道具といった武器、地面に置くタイプの罠《わな》や、野宿用の寝具などなど、幅広いものを腕輪に入れている。

たぶん、何か欲しいものがあったら、ケルヴィンさんに言えばすぐに腕輪からなんでも出してくれるような気がする。

ラグラーさんは、最低限のものしか入れていない。倒した魔獣を腕輪にしまい込むためらしい。

今回は、倒した魔獣の種類や数によって報酬が上がる。そのため、「大量の魔獣を倒してみせるぜ！」とやる気になっていた。

ただ、魔獣や魔草は僕が調理すれば立派な食料にもなるため、食料用に別に用意した革袋に、ギルドに渡すものとは分けて入れるんだって。

ちなみにこの革袋、食材限定で容量無制限らしく、かなりの高額だったんだけど、満場一致で「ぜひとも買いましょう！」と決まっていた。皆、どれだけ美味しいご飯が食べたいんだよ。

そしてクルゥ君は……魔力の暴走を抑えるために僕が作った大量の飴《あめ》とマスク、それからマスクにいつも吹き掛けている魔法薬なんかを入れていた。

フェリスさんは僕が持つのとは違った、大量の食品を腕輪に詰め込んでいた。

それ以外にも色々と入れていたけど、フェリスさんもケルヴィンさんのように言えばなんでも出してくれそうだ。

こうして全ての準備を終えた僕達は、ギルドへと向かったのであった。

ギルドの建物の周りは、僕達と同じようなBランク以上のパーティの人達で賑《にぎ》わっていた。どうやら建物内もほぼ同じ状況みたいだ。

全員で中に入るのは大変だろうと、リーダーのフェリスさんが代表で討伐依頼の受付をしてくることになった。

その間、僕達は建物の外で待機。

暇だからボーっとしながら周りを観察していると、すぐにフェリスさんが戻ってくる。

「受付完了よ。今回はギルドの裏側にある『無限扉《むげんとびら》』を使う許可が出ているから、すぐにセーガルストの丘にある中級ダンジョン――【名も無き古《いにしえ》の地】へ行けるわ」

さっ、行きましょ！　と先頭を歩くフェリスさんについていきつつも、初めて聞く『無限扉』というワードに首を傾げる。

すると、それを見たラグラーさんが説明してくれた。

「無限扉ってのは、遠く離れた隣の大陸でも一瞬で移動することが出来る、冒険者ギルド必須のアイテムだな。こいつがなけりゃ、今回みたいな作戦を実行するのは難しいんだ」

なるほど、どこでも行けるドアなんだな。便利なものもあるもんだ。

それにしてもダンジョンの名前、初めて知ったけど随分物々しいな～。

なんて考えながら歩くうちに、すぐにギルドの裏側へ到着。

そこにあったのは、頭の中に思い描いていた『扉』とは全然違うものだった。

それは見上げるほど大きく、まるで城門のようだった。

魔法で作られているらしい無限扉は、何もない空間に城門の扉だけが出現しているみたいな状態で、大きく左右に開いている。

門の内側は、光の膜のようなものに覆われていて、向こう側は見えない。

「ほぇ～……すごぉー……」

「ほら、立ち止まってないで行くぞ」

口をぽかーんと開けて見上げていると、ケルヴィンさんに頭をポンポンと叩かれた。

足を進めて扉の近くに行けば、色々なBランク以上のパーティが扉の中へ進み、その姿を消していた。

フェリスさん達も、全く躊躇《ためら》うことなく進んでいく。

「緊張するね」

「だね。クルゥ君……お互い頑張ろうね！」

「うん、頑張ろう！」

皆に続いて、僕とクルゥ君も足を踏み入れる。

トプンッ、と耳元で水の中に沈んだ時のような音が聞こえた瞬間、すぐに僕達は今までとは違う場所へ立っていた。

ここが中級ダンジョン――【名も無き古の地】か。

僕達が立っていたのは、立ち枯れなども目立つ、苔《こけ》だらけの森の中。

見上げる空は樹や雲に覆われて薄暗く、乾いた風が吹いている。

地面を見れば、苔の他に蛇のようにうねる木の根が張り巡らされていた。

歩きにくそうだと思いながら辺りを見回してみれば、『無限扉』を抜ける前まではあんなに人が溢《あふ》れていたのに、今は僕達暁のメンバーしかいない。

他のパーティの人達は一体どこに行ったんだろう？

辺りをきょろきょろ見回す僕を見て、ちょっと笑いながらラグラーさんが教えてくれた。

「ああ、他のパーティとは違う場所に飛ばされるんだよ。大勢が同じ場所に一気に移動しても意味がないからな」

なるほど、それもそうか。

頷く僕達を微笑ましく見つつ、フェリスさんは周囲を観察する。

「【名も無き古の地】か……ここに来るのは初めてだけど、少し歩きにくそうね」

先頭に立っていた彼女がそう言いながら、手を一振りする。

すると、僕達の靴底が淡く光って、すぐに消えた。

何だ？

「今のはね、簡単な滑り止めの魔法よ。といっても、転ばなくなるわけじゃないから気を付けてね」

「フェリス～、そういえばここに潜る期間は決めてんのか？」

僕とクルゥ君がなるほどと頷いていると、頭を掻きながら欠伸《あくび》をしていたラグラーさんがフェリスさんに声をかける。

「そうねー……さっきギルドで聞いた話だと、思ったより魔獣が増えているみたいなの。それだったらせっかくだし、それなりに長く潜ろうと思ってるわ」

「うげぇー」

舌を出してイヤそうな顔をするラグラーさんを見ながら、僕は不思議に思っていることを聞いてみた。

「フェリスさん、そういえば今回の依頼って……魔獣を倒す数とか討伐期限とか、決まってないんですか？」

大量発生した魔獣を討伐するってことしか聞いてないんだよね。

「ん～……特に決まりはないわ。ダンジョン内で魔獣の異常発生自体は稀《まれ》に起きるんだけど、今回みたいにBランク以上のパーティをこんなに集める依頼ってなかなかないのよね。逆に言えばそれだけ数が多いってことだと思うから、魔獣の数が基準まで減るまで、時間がかかると思うの」

「その魔獣が減るって……どうやったら分かるんですか？」

「あぁ、ダンジョンは各地に点在しているギルドが魔法で監視しているのよ。詳しい内容は省くけど、魔獣が一定数減ったら『知らせ』が届くようになってるから、そうしたら終了よ」

フェリスさんの言葉に、クルゥ君が手を挙げる。

「途中で帰りたくなったらどうするの？」

「討伐依頼契約書に刻まれてる転移魔法陣を使えば、すぐにでも帰れるわよ？　でも、そうね……何もなければ三週間はこのダンジョン内に留まるつもり」

「……なんで三週間？」

クルゥ君が不思議そうに聞けば、フェリスさんはとてもいい笑顔でこう答えた。

「三週間以上ダンジョンで魔獣討伐していれば、『長期討伐特別手当』がギルドから出るからでっす！」

フェリスさんらしい答えだった。

僕以外の皆が、え〜!?　と不平不満を叫ぶが、フェリスさんが独裁権を発動し――僕達はこのダンジョンで、三週間以上過ごすことがその場で決定したのであった。

そんなわけで、僕達のダンジョン探索が始まった。

フォーメーションは1―2―1―1―1。

先頭をフェリスさん、その後ろに並んで僕とクルゥ君。その後ろに、グレイシスさん、ラグラーさん、ケルヴィンさんという順だ。

まず、魔獣が現れたらフェリスさんが速攻をかける。

だいたいは、そこで全ての魔獣をフェリスさんが倒してしまうんだけど、それでも取り残した魔獣を僕やハーネ、それにクルゥ君で倒していく。

まだまだ簡単に倒すことは出来ないけど、それでも進歩していると思う。

とはいえ手こずる時もあるので、そんな時は後ろに控えているグレイシスさんやラグラーさんが手助けしてくれる。

グレイシスさんは魔法を使っての援護射撃で、敵の足を止めてくれることが多い。

魔獣の数が多くなり過ぎれば、グレイシスさんの魔法で一掃してしまうこともある。

最後尾にいるケルヴィンさんは、自分の後ろから近付いてきた魔獣を倒したり、周りの状況を見ているラグラーさんを護ったりしていた。

そうそう、ここで一つ驚いたことがある。

それは、僕達に的確な指示を出しているのがラグラーさんだということだ。

暁のリーダーであるフェリスさんが指揮を執るのかと思っていたんだけど……違った。

ラグラーさんはあらゆる状況や場面でも冷静さを失わず、どんなにたくさんの魔獣に囲まれようと、的確に指示を出して僕達を動かしていく。

「フェリス！　てめぇ、突っ走んなって、いつも言ってんだろうが！」

「ケント、左に気を付けろ。その魔獣は額を狙え」

「オイこらフェリス！　少しは魔獣を残してガキんちょ共に戦わせてやれ！」

「クルゥ、なんでも声に頼ろうとするなよ。おら、正面から敵が来たぞっ！」

「フェリス！　こんな所で魔法をぶっ放すなっ！　危ねぇだろうが!?」

「ケント、ハーネがいるからって安心すんな。ちゃんと周りをよく見ろ！」

「右上に気を付けろ、クルゥ！」

「グレイシス、岩の陰に隠れている魔獣が多い。一気に魔法で倒せそうなら頼む」

「フェ・リ・ス！　それは今日の晩飯にする奴なのに、全部黒焦げにしてどーすんだよっ！」

……冷静かどうかは置いといて、的確な指示は出してくれていた。

なんて言うか、フェリスさんがこの中で一番ラグラーさんに怒られていた。

ちょっと意外である。

中級ダンジョン【名も無き古の地】

そんなこんなで、今まで経験したことのないほどの戦闘をしていたのだが、そろそろ精神的にも体力的にもキツくなってきた。

「――よし、辺りも暗くなってきたし、今日はここら辺で野営をする」

疲れた表情をする僕とクルゥ君を見たラグラーさんは、そう言って足を止めた。

ある程度開けた場所に移動してから、ハーネに上空から周囲を警戒してもらう。

その間に、ケルヴィンさんが剣の鞘《さや》を使って地面に大きな円――僕達全員が大の字になって寝ても十分な広さの円を描き始める。

何をするのかとクルゥ君と一緒に見ていると、フェリスさんが円の中心に移動してしゃがみ込んで、拾った石で地面に小さな穴を掘り始めた。

続けて革袋を取り出すと、その中から小さな種を取って掘った穴の中へ入れた。

そして、穴に手を翳して呪文を唱えると――

穴の中に入れた種が急速に芽吹《めぶ》き、どんどん大きくなって、あっという間に僕の膝の高さくらいまである、小さな純白の木になった。

フェリスさんは手の平を胸の前で叩くようにして合わせると、また違う呪文を唱えてから、合わせていた両手の平を地面へと押し付ける。

すると、純白だった木の葉が薄紫《うすむらさき》色に色付き始め、ケルヴィンさんが描いた円の線が、葉と同じ薄紫色に光る。

とても幻想的な光景に口をポカンと開けていると、早く円の中へ入るようにと促された。

「フェリスさん、これは一体……」

慌てて円の中に入ってから、中央にある木を見ながらフェリスさんにそう問えば、フェリスさんはニコリと笑う。

「あぁ、ケント君は初めて見るのよね。これは『魔避《まよ》けの木』と言って、この状態になると、魔獣や魔草なんかが近寄れなくなるのよ。魔獣が大量発生しているダンジョン内で野営をする時はかなり重宝するわ。ただ、『魔避け』の持続時間は最長でも十時間だけどね」

「へぇ～。あっ！　でも、それじゃあハーネは……」

「大丈夫よ。テイムされた魔獣は弾かないようになっているから」

それを聞いて安心した。

上空を見上げ、周囲を警戒しているハーネを呼ぶと、羽を動かして嬉しそうに僕の元へ降りてくる。

僕の首に体を巻き付け、頭の上に顎を乗せて定位置に収まれば、嬉しそうに尻尾をピコピコ振っていた。

「お腹空いたぁ～」

クルゥ君がグゥーとお腹を鳴らし、しゅんと項垂《うなだ》れながらお腹を擦《さす》る。

言われてみれば、僕も急にお腹が減ってきた。

「それじゃあ、食事の準備をしますか」

僕がそう言うと、ケルヴィンさんが頷いて腕輪の中から煉瓦《れんが》を取り出した。

そのまま何個か取り出し、綺麗なコの字に並べていく。

少し隙間を空けながら何段も積み上げていき、網を載せたら即席の竈《かまど》が完成だ。

ケルヴィンさんは竈の中に腕輪から取り出した炭を入れ、魔法で火を点《つ》ける。

僕は僕で、腕輪の中から小さめの折り畳み式テーブルを取り出した。

これは、手先が器用なラグラーさんに作ってもらったものだ。

折り畳んである脚を伸ばし、地面に立たせる。

テーブルの上に調理器具を並べ、準備が整ったら調理開始！

本日は魔獣肉を使った『ステーキ丼』にしようと思っている。

とりあえず肉の準備をしている最中、ケルヴィンさんとクルゥ君にはご飯を炊いてもらうことにする。

二人に頼んでから、ラグラーさんが処理した魔獣の肉を受け取り、テーブルに載せたまな板の上で調理を始める。

まず、ニンニクを包丁で薄切りにしておいて、タマネギをすりおろす。

続いて、竈の上の空きスペースにフライパンを置き、バターと薄切りにしておいたニンニクを炒《いた》めていく。

ニンニクがカリッとなるまで炒めたら、一度取り出して、お肉を焼く。

お肉の筋切りはラグラーさんがしておいてくれたので、塩胡椒《しおこしょう》を振ってから焼くだけだ。

『レシピ』にはミディアム・レアが一番美味しく食べられると書かれていたのだが、焼き加減は人によって好みが違う。

というわけで、フライパンにお肉を入れる前に、皆の方を振り向いて聞いてみた。

「皆さーん、お肉の焼き加減はどうしますかぁ？」

「ん～……焼き過ぎは好きじゃないんだけど、生過ぎるのもイヤかな」

「俺も」

「私は表面だけ軽く焼いて、中は生がいいわ。新鮮なお肉を食べてる感じが好きなのよね」

「……生は得意じゃない。しっかり焼いてくれ」

「ボクはなんでもいいよ」

えぇ～っと、フェリスさんとラグラーさんは『ミディアム・レア』で、グレイシスさんが『レア』、ケルヴィンさんは『ウェルダン』かな。

クルゥ君はなんでもいいみたいだから『ミディアム・レア』にしておいて、僕も同じでいいか。

「了解です～！」

返事をしながら、肉をフライパンに投入する。

ジュワーッ！　と肉が焼ける音と、バターとニンニクの良い匂いが立ち上った。

それぞれの好みの焼き加減で焼き上がったところで肉を上げ、すりおろしておいたタマネギと醤《しょう》油《ゆ》を入れる。

はぁ～……これ、絶対白飯が美味しいって。

フライパンを回しながらひと煮立ちさせたら、まな板がある方へ戻り、肉をカットする。

「クルゥ君、ご飯は炊けた？」

「出来たよ！」

腕輪の中から丼《どんぶり》を取り出し、クルゥ君にご飯をよそってもらう。

テーブルまで持ってきてもらった丼には、ご飯がモリッと盛られていた。

ご飯の上にカットした肉を載せて、フライパンのソースをかければ完成である。

「ちょっと寂しいな、あともう一品くらい作ろうかなぁ～」

ん～……何にしようか？

タブレットの画面を見ながら悩んでいると、『アツアツ美味しい、豆腐のミニグラタン』に目が留まる。

うん、ミニグラタンならそんなに量も多くないし、ステーキ丼にも合いそうだ。

これにしよう！

まず、タマネギを薄切りにし、歩くキノコの魔獣、てくてくキノコも適当な大きさにカットしてバターで炒めておく。

『レシピ』ではミニグラタンとあって、小さな器に盛り付けるって書いてるんだけど……絶対足りないでしょ。

なので、丼より少し小さいくらいの器を使うことにした。

前に『ショッピング』で買ってストックしておいた豆腐をガラスボウルに入れ、味噌とマヨネーズを入れてよくかき混ぜる。

その中に、さっき炒めたものを入れて軽く混ぜ合わせ、用意しておいた器に入れる。

ピザ用チーズをたっぷりかけて、ハーネを呼んで温めてもらえば出来上がりだ。

ハーネレンジはここでも大活躍である。

ふと視線を感じて周りを見てみると、皆が目をキラキラさせながら僕のことを見ていた。

いかにも早く食べたそうな顔をしている。

はいはい、もう少々お待ちくださいね〜。

全ての器を温め終わったハーネが、僕のところへ飛んできて定位置に収まってから、僕は皆に笑いかけた。

「夕食、出来ましたよ〜」

トレイに丼やグラタンの器を載せて、皆の元へ持っていく。

円陣を組んで地面に座っている五人の中央へトレイを置けば、我先にといった感じで手に取っていった。

何も言わなくても、カットしてある肉の中心の焼き加減を見て、瞬時に自分のものだと判断する能力は脱帽《だつぼう》ものである。

「それじゃあ、いただきます」

フェリスさんの言葉に、皆もいただきますと言ってからガツガツと食べ始めた。

僕はお米と肉厚なステーキを一緒にスプーンに載せて、大きく口を開いて一口で食べる。

ソースの絡まった肉が、とろんと舌の上で溶ける。

うっま！

豆腐グラタンもクリーミーな味わいで、トロットロに溶けたチーズがスプーンから伸びる。

本当にアツアツで美味しい。

グラタンに豆腐って合うんだな～、初めて知ったよ。

モグモグごくんっ、と口の中のものを呑《の》み込んでから、気になったことを聞いてみることにした。

「あの、ここって魔獣が異常発生してるダンジョンなんですよね？　『魔避けの木』があるとはいえ、こんな匂いをさせていたら……魔獣を呼び寄せたりしませんか？」

今更ながらな質問だと思いつつもそう聞けば、フェリスさんがキョトンとした表情で、魔法を使っているから大丈夫だよと答えてくれた。

どうやら、『匂い消し』と『空気洗浄』といった魔法も同時に使っていて、円の中から匂いが漏れなくなっているそうだ。加えて、円の外にいる魔獣や討伐に来ている他のパーティから見えないように、『目眩《めくらま》しの魔法』もかけているんだって。

「だから心置きなく美味しいご飯を作ってね！」

なんて付け加えたフェリスさんは、とてもいい顔をしていた。

「はぁ～、お腹いっぱい。ご馳走様《ちそうさま》でした！　皆も食べ終わったんなら、食器を洗っちゃうから僕の前に置いといてくれない？」

食後の食器洗いは、魔力操作の練習も兼ねてクルゥ君が行うことになっている。水魔法や浄化魔法での食器洗いは、練習にもってこいなんだとか。

また、服の洗濯やお風呂については、流石にお湯を使えるような場所はないので、フェリスさんの風と水、それに火系の魔法を組み合わせた『混合浄化魔法』にお世話になっている。この魔法のおかげで、体や服など清潔《せいけつ》に保てるのだ。

まるでお風呂に入った後のようなサッパリ感に感動していると、明日も早く起きなきゃならないよと言われ、寝る準備を始める。

ケルヴィンさんが腕輪から人数分の薄い毛布を取り出し、渡してくれた。

見張り役は交代で行うらしく、今日は前半にラグラーさん、後半はグレイシスさんの予定となっている。

僕も見張りをしなくてもいいのかと聞けば、子供《僕とクルゥ君》は今回は見張りはなし、とのこと。

しっかり寝て、その分討伐を頑張れ！　と言われました。

小さなバッグを枕代わりにして、さて寝ましょうか――と地面に体を横たえる。

僕の右横にはクルゥ君が陣取り、クルゥ君のさらに右隣には、薄い毛布を体に巻き付け、木に寄り掛かるようにして片膝を立てて座るケルヴィンさんがいる。

そんな男三人組の寝床の反対側には、女性陣が寝ております。

そのちょうど中央辺りに、枝を集めて火を焚《た》いているラグラーさんが、胡坐《あぐら》をかいて寝ずの番をしてくれていた。

横になりながら、僕は皆が寝ている逆の方へ体を向けてタブレットを取り出した。

画面に触れてロックを解除してから、ここの周辺はどんな状況なんだろうと『危険察知注意報』のアプリを開く。

【名も無き古の地　危険度：40～69】
【周囲にご注意ください。魔獣が潜んでいる場合があります】

画面に出てきた表示にギョッとして、思わず起き上がって周囲を見渡す。

辺りは真っ暗で、火が燃える音以外、物音一つ聞こえない。

でも、画面は変わらず注意を促す表示が出ている。

「……どうした？　眠れないのか？」

そんな僕に、ラグラーさんが小声で問いかけてきた。

「いや、周囲に魔獣が隠れてるんじゃないかって不安で……」

正直にそう伝えると、軽く笑われてしまった。

「あぁ……そういえば、ケントはダンジョン内で夜を過ごすのは初めてだよな」

「うん」

「確かにこういったダンジョンにいると、昼夜問わずに魔獣に襲われる時もあるけどな、この『魔避けの木』がある場所にいれば安全なんだ。ここよりも強い魔獣がいる特殊ダンジョンに行った時だって、魔獣に襲われたことはないし、襲ってくるとしたら……魔獣じゃなくて人間だな」

「そうよ？　こういった場所は、魔獣よりも人間の方が恐ろしいイキモノになるんだから」

まだ寝ていなかったようだ、両肘《りょうひじ》を地面につけながら手の平の上に顎を乗せたグレイシスさんが、ラグラーさんの言葉に被せるようにしながら話し出す。

「今みたいに私達の周囲に『目眩しの魔法』をかけていても、見破る奴はいるのよ。冒険者の中にはいろんな人間がいて、魔獣討伐後に疲れて寝ている人間を狙う悪党もいるから、注意する必要があるの」

そのために、誰か一人は寝ずの番をする必要があるのだとグレイシスさんは言う。

「大丈夫、ラグラーやケルヴィン、それにフェリスは人の気配に鋭いから、誰かが近くで私達を狙っていたとしてもすぐに撃退出来るわ。だから、安心して寝なさい」

確かに明日も早い。早く寝なきゃ、明日の討伐に支障をきたす。

僕はもう一度横になってタブレットを閉じ、目を閉じるのだった。


それから一週間以上が経ち――僕達は魔獣討伐に明け暮れていた。

僕やクルゥ君なんて、毎日ラグラーさんに怒られて（フェリスさんも怒られてたな）いたし、何度も大怪我をした。

軽い怪我ならそのままにして、酷い怪我だとグレイシスさんの治癒魔法や魔法薬で治してもらい、治ったらそのまま襲ってくる魔獣の元へと駆けていく。

そんな日々の繰り返し。

ダンジョンに入って三日目までは本当に辛かった。

でも、四日、五日、一週間経つ頃には、そんな生活にも慣れてくる。

人間、どんな環境にも馴染《なじ》めるものなんだねと、クルゥ君と話したものだ。

ここでの生活リズムもだいたい決まってきていて、皆朝は同じ時間に起きて、グレイシスさんに魔法で水を出してもらって顔や口を洗うことから始まる。

その後、朝食の準備に取りかかるのだ。

その日も僕は起きてから身支度を手早く済ませると、『レシピ』で何を食べようか選びながら、朝食と、一緒に昼食の準備もすることにした。

とりあえず朝食に選んだのは、『しっとり甘い、ホクホクおいもごはん』だ。

まずは『ショッピング』で油揚げを購入してから、腕輪の中からスナップエンドウと、ニンジンっぽい野菜とトマトの形をしたサツマイモ味の野菜を取り出す。

ちなみに今回持ってきた野菜は、グレイシスさんの畑でとれたものだ。

魔獣のお肉も少々使うよ。

ほら、肉がないと皆しょんぼりするからさ……

テーブルの上に材料を並べ、早速調理に取りかかる。

まずはスナップエンドウのヘタと筋を取り、ニンジンと一緒に千切りにして食べやすい大きさにする。

サツマイモは、皮付きのまま一センチ角に切っておく。

油揚げは沸かしたお湯に通してから、水分を切って短冊切りにする。

あとは魔獣のお肉も一口サイズに切る。

クルゥ君に魔法で竈に火をつけてもらい、鍋の中に腕輪から取り出したお米、それにお水と醤油と味醂《みりん》、顆粒《かりゅう》の和風だしを入れる。

そこに切っておいた食材を纏めて入れ、蓋をしてから網の上に置いて炊く。

火加減などはクルゥ君に任せ、昼食の準備をしようと思う。

今日は全員一緒じゃなくて別行動をするということなので、昼食は移動しながらでも食べられる簡単なものがいいだろう。

そうだな〜、さっき『レシピ』を流し見していた時に目に入った『超ボリューム満点サンドイッチ』にしようかな。

『ショッピング』で食パンとアルミホイルを購入し、テーブルの上にアルミホイルを少し長めにカットして置く。

その上に食パンを一枚載せて、バターとマスタードをたっぷり塗り付ける。

塗り終わったら、ちぎったレタスと薄くスライスしたトマトを並べ、シーザードレッシングをかけた。

これだけでも結構ボリュームがあるけど、まだまだあるぞ！

以前ケルヴィンさんが作ってくれたハム、ダンジョンに入る前に作り置きしていたゆで卵、それからチーズを重ねていく。

最後にバターとマスタードを塗ったパンを載せ、下に敷いていたアルミホイルで押さえながら綺麗に包み込む。

それから、包丁で半分にカット——で出来上がり。

サンドイッチ専用のパンで作っているわけじゃないから、半分にカットしていても、一つがかなり大きい。

確かに、超ボリューム満点でございます。

人数分を作ってから、カットした表面にアルミホイルを被せて置いておく。朝食後に配るのを忘れないようにしなきゃ。

「ケント、炊けたみたいだよ」

鍋を見ていてくれたクルゥ君に呼ばれ、竈の方へ向かう。

蓋を掴んで持ち上げれば、ふわぁ～っと甘い匂いが漂ってきた。

鍋の中では、炊きあがったお米とふっくら膨らむサツマイモが輝いている。

「おぉ、いい感じに炊けてる。ナイス、クルゥ君！」

「えへへ～」

僕がグッジョブと親指を立ててると、照れたように笑うクルゥ君。

男の子なのに、笑顔が可愛いですね。

腕輪からしゃもじを取り出して、なるべく全員におこげが入るようにしつつ、よそっていく。

最後に鍋でお湯を沸かし、『ショッピング』で買っておいた即席味噌汁を作る。

本日の朝食は日本食でございます。

甘いサツマイモと、甘じょっぱい味噌汁をいっぱいお代わりした皆は、満足そうな顔をしていた。

さっき作っておいたサンドイッチを配り、食器や竈の片付けも終えて、そろそろ移動しますかと立ち上がる。

と、そこで、フェリスさんから爆弾発言が飛び出した。

「さてさて、この中級ダンジョンに入ってから一週間以上経って、クルゥやケント君もだいぶ慣れてきた頃でしょ？　なので、今日は私達大人と離れて、二人だけで討伐作業をしてみてね！」

「…………」

「…………」

あまりにも唐突なフェリスさんの言葉に、僕とクルゥ君は一瞬何を言われたのか分からず黙り込んでしまう。

固まることしばし、僕達はようやく何を言われたか理解して、思わず叫び声を上げてしまった。

「「えぇー!?」」

中級ダンジョン――クルゥ君と一緒に魔獣討伐！

驚きに固まった僕達だが、フェリスさんは言葉を続ける。

「確かに二人だけでは、まだまだ心配な面も多々あるけど……索敵能力を持つハーネもいることだし、力を合わせて討伐作業を頑張ってみてね！」

もちろん抗議したんだけど、「これはリーダー命令なので従ってもらいます！」と言われたので、従うしかない。

どんよりと項垂れる僕達だったが、グレイシスさんが近付いてきて、数種類の魔法薬を渡してくれた。

「二人だけじゃちょっと心配だから、私からは強力な回復魔法薬を多めに渡しておくわ。少しでも危険だと思うような怪我をしたら、躊躇《ためら》わずに飲んで。油断は禁物よ」

「ありがとうございます、グレイシスさん」

「うん……何かあったら躊躇《ためら》わずに使うね」

魔法薬を受け取り、各々で仕舞ったのを見届けたフェリスさんが口を開く。

「それじゃあ、これから二人は私達と別行動ね。空が暗くなってきた頃に、私の魔法で二人を呼び寄せるから心配しないで」

「はい」

「分かったー」

僕達がフェリスさんに返事をすると、近くに立っていたラグラーさんが魔避けの木を、腰に佩《は》いていた剣で斬り付けた。

カシャンッ、とガラスが割れるような軽い音がすると、葉と枝、幹の順に、魔避けの木がサラサラと白い砂へと変わっていく。

こうやって消えるんだ、と驚いたのも、一週間前の話である。

そして最終的に、白い砂が風と共に空へ舞い上がったのと同時に、僕とクルゥ君はすぐに剣を鞘から引き抜いた。

すると——

《シューッ！》

僕の頭の上にいたハーネが、僕達の背後に向かって警戒音を出す。

その瞬間、藪《やぶ》をかき分ける音がした。

僕達がすかさず振り返ると、そこにはハイエナに似た魔獣が三匹、品定めするようにこちらを睨《にら》みつけていた。

魔避けの木の効果がなくなるといつも、こうやってすぐに魔獣が現れるのだ。

涎《よだれ》を垂らしつつ、その場で首を下げながら8の字を描いてウロウロと動き始めた魔獣を警戒する僕達の背中に、フェリスさん達の声が届く。

「それじゃあ、私達は行くわね！」

「頑張ってね」

「んじゃなっ！」

「……気を付けるんだぞ」

フェリスさんとグレイシスさん、ラグラーさんとケルヴィンさんの組み合わせで、僕達に手を振りながらそれぞれ違う方向へ走り去っていく。

僕達が二人きりになると、ハイエナに似た魔獣はウロウロしていた動きをピタリと止めて、相変わらず口元から大量の涎を垂らしながら低い声で唸《うな》る。

腐臭犬《ふしゅうけん》——このハイエナのような魔獣の名称である。

その体や体液から腐敗臭を常に発していることから、付いた名前なんだとか。

口から垂れる涎には毒が含まれていて、触れると火傷《やけど》したみたいに腫《は》れる。

攻撃力自体はそんなに脅威じゃないが、自分達の不利を悟るとすぐに仲間を呼んで数が爆発的に多くなるので、要注意な魔獣だ。

「……ハーネ」

僕が声をかけると、ハーネは薄い葉脈模様の羽で羽ばたき、空中に浮かぶ。

そして、大きな威嚇音を出してから体を震わせ、風の攻撃魔法を放った。

「ギャオンッ⁉」

地面の土を巻き込みながら、ハーネが放つ風魔法が腐臭犬に直撃する。

あまり威力はないが、相手の初動を封じるには持ってこいだった。

目に入った砂を取ろうと、短い前足で傷付いた顔を掻く腐臭犬に向かって、僕とクルゥ君は走り出した。

出来るだけ一撃で倒さなきゃ！

そう心の中で呟《つぶや》きながら、手に持つ剣を握り締める。

「でりゃっ！」

気配を察知した腐臭犬が目を開けるより早く接近し、剣の柄頭《つかがしら》に空いた手を添えて押さえ、全体重をかけて剣先を眉間へと突き刺す。

ビクッ！　と体を一度震わせた腐臭犬は、剣が引き抜かれるとそのまま白目を剥いて、地面へと倒れ伏す。

そんな僕の隣では、クルゥ君が流れるような動きで腐臭犬を倒し終えたところであった。

二匹が同時に倒れると、残る一匹が唸り声を上げながらジリジリと後退する。

ここで逃がすと、大量の仲間を連れてこられるかもしれないので、僕はハーネに足止めするよう命ずる。

「ハーネッ！」

《シュー！》

ハーネが鳴き声と共に羽を震わせると、逃げようとしていた腐臭犬の足元で小さなつむじ風が巻き起こった。

それは次第に大きくなって腐臭犬を巻き込み、上空へその体を持ち上げ――地面へと叩き付ける。

ギャンッ！　と悲鳴を上げながら地面へ倒れる腐臭犬の元へ、クルゥ君が即座に駆け付けてとどめを刺した。

「ふぅ～……お疲れ様」

「うん、ケント君もね」

少しずり落ちた眼鏡を中指の先で持ち上げながら頷くクルゥ君。

そして三匹の腐臭犬の尻尾を切り取ると、剣に付着したドピンクな血を振り払い、鞘へと戻す。

ちなみに、武器にはグレイシスさんが特殊な魔法をかけてくれていて、血が付着しても一振りすれば綺麗になるし、脂で斬れにくくなることもない。

僕も同じようにして血を払ってから剣を鞘に戻し、腕輪に腐臭犬の尻尾を入れているクルゥ君の元へと歩いていく。

「初めて対峙《たいじ》する魔獣だったらどうなるかと思ったけど……何度か皆で討伐したことのある奴だったし、僕達だけでも難なく倒せてよかったよね」

「本当だね。ハーネも一緒に戦ってくれると、ボク達に足りない部分を補ってくれるから助かるよ。あぁ～ボクも早く使役出来る魔獣が欲しいなぁー」

クルゥ君はそう言いながら、自分の腕輪の中から小瓶を二つ取り出すと、そのうちの一つを僕に渡してくれた。

オレンジジュースみたいな色をした液体だけど、何の魔法薬だろう？

蓋を開けて瓶の口に鼻を近付けてみると……強烈な漢方薬の匂いがして、反射的に顔を離してしまった。

「フェリスから渡された魔法薬だよ。一気に飲めだってさ」

え、この超絶不味そうなのを……飲むの？

うげーっという表情の僕に、クルゥ君が補足してくれる。

「これは『匂い消し』の魔法薬なんだって。これを飲んでおけば、よほどのことがない限り、魔獣達に匂いで位置がバレることはないって言ってたよ」

確かに、鼻が利くような魔獣がいた場合、どんなに隠れていても匂いで居場所がすぐにバレてしまう。

ある程度の安全は確保したいし、不味そうな匂いがプンプンするけど飲んでおいた方がいいよな……

僕とクルゥ君は、鼻を摘《つ》まみながら一気に瓶の中身を呷《あお》り——

「まっず！」

「まっず！」

同時にそう叫んだのだった。


この世のものとは思えないほどの、想像を絶する不味さだったフェリスさんの魔法薬だったが、抜群の効果を発揮した。

あの後探索していて、僕達だけでは倒せない魔獣の群れと何度か遭遇したんだけど、朽ち果てた巨木の亀裂《きれつ》や、巨大な岩の隙間に隠れてやり過ごすことが出来たのだ。

今も、僕とクルゥ君は岩と岩が重なる隙間に入り込んで、僕達の近くをうろつく魔獣がここから離れるのを待っていた。

今近くにいるのは、人間みたいな形をしているけど、濁った水のような体を持つ、ヒトモドキという魔獣だ。

この魔獣は動きが遅く、一体だけなら簡単に逃げることが出来る。

しかし一度見つかると、あっという間に大量の仲間を呼び獲物を囲むという習性を持つ……というわけで、今がその状態だ。

しかもこのヒトモドキ、動きが遅いから倒すのはそんなに難しくないいんだけど、体を形作る水分のほとんどが猛毒で出来ている。

その毒は強力で、触れた瞬間に、特殊魔法が施されていない武器だとすぐに錆《さ》びるか溶けるかしてしまう。付着した場合は、そこの肉が腐り落ちるのだ。

めちゃ怖だよっ！

聴覚はほとんどないけれど、匂いで人がいる場所を特定出来るらしいので、僕達はこうして隠れているのだ。

僕達の武器には特殊魔法が施されているんだけど、近くをうろつくヒトモドキを全て倒すまで特殊魔法が持ち堪《こた》えられるか……ちょっと怪しい。

無理はせず、必要に応じて撤退するのも大切なことだよねーとクルゥ君と話し合って、僕達はヒトモドキと戦わないことを選んだのだった。

「それにしても……数が多いね」

「本当だね」

岩の隙間から外を覗くと、十体以上のヒトモドキが近くをウロウロと彷徨《さまよ》っている。

僕はクルゥ君の一歩後ろに下がって、タブレットの『危険察知注意報』アプリを起動する。

現在の危険度は『40〜69』。

ヒトモドキという魔獣自体は、たぶん一体だけなら、勝てるか逃げ切れるかもしれない。

でもこんなに数がいると、毒のこともあるし、仮に切り抜けられたとしても無事では済まないだろう。

もちろん、僕が調合した毒消しの魔法薬だったり、グレイシスさんから貰った治癒の魔法薬がある。

でもそれは毒を中和させたり、骨折や切り傷を治したりするものであって、腐って落ちた肉を治すことは出来ない。

そういうのを治す魔法薬もあるってグレイシスさんに聞いたことはあるけど、それは今手元にない。

僕がその魔法薬を調合出来るようになるには、『魔法薬の調合』アプリのレベルを上げなきゃならないね。

「朝からずっと討伐続きだったし、ここで隠れながら少し休憩しようよ」

「うん、そうだね」

クルゥ君は頷くと、隙間の奥、僕達がギリギリ中腰で立てるくらいの高さがある空間へと移動して、壁際に座る。

僕もそちらに行き、クルゥ君と向かい合わせに座ってから、はぁーっと深い溜息を吐く。

「流石に毒系……触れたら溶けてしまうような魔獣は、まだボク達の手には負えないよね」

「そうだね。またああいう魔獣と遭遇したら、すぐに撤退でいいと思うよ」

「だね」

クルゥ君は疲れ切った様子で、岩の壁に背中と頭をくっつける。

喉が渇いていた僕は、腕輪の中から革製の水筒を取り出して水を飲み、ハーネにはおやつの飴玉《あめだま》をあげた。

肩に乗っていたハーネは、美味しそうにゴクンッと丸呑みする。

丸呑みなんかして味は分かるのか？　と疑問に思っていたんだけど、以前フェリスさんに、葉羽蛇の味を感じる部分は舌ではなく胃だと教えてもらったことがある。

僕の頭上に戻ってまったりするハーネに苦笑していたんだけど、さっきからクルゥ君がずっと静かなことに気が付いた。

どうしたんだろうと視線を向けると、クルゥ君は難しい顔をしながら、隙間の入口部分を見ていた。

「——なら、簡単に倒していたんだろうな」

最初の方は声が小さ過ぎて聞き取れなかった。

誰かの名前のようにも聞こえたけど……

僕がじーっと見ていると、僕の視線に気付いたクルゥ君と視線がバチッと合った。

「うわぁ——いてっ！」

クルゥ君は驚きながら仰《の》け反《ぞ》り、後頭部を岩に打ち付けていた。

ゴスッという音がしたけど……めっちゃ痛そうだな。

涙目になりながら後頭部を擦っているクルゥ君に、僕はさっきの呟きについて聞いてみることにした。

「何か難しい顔をしてたけど、どうしたの？　……さっき、誰かなら外にいるヒトモドキを倒せるみたいなことを言っていたけど……それって知り合い？」

「……あ～……うぅ～……」

僕の問いに、なぜかクルゥ君が言い淀《よど》む。

えっ、何か聞いちゃいけないことでも聞いちゃったとか⁉

おろおろしていると、そんな僕を見たクルゥ君が特大の溜息を吐いてから、口を開く。

「クリスティアナ――僕の『妹』なら、あんなヒトモドキなんて簡単に倒せてしまうんだろうな……って思っていただけだよ」

ほぅほぅ……妹さんなら、こんなにいっぱいいるヒトモドキを簡単に倒せちゃうのか。めっちゃ凄いな。

――って、妹⁉

「く、クルゥ君！　君、妹がいるの⁉」

驚きながらそう聞けば、クルゥ君は素っ気なく「いるよ」と言う。

「僕と違って、立派で優秀な……誰からも頼られる妹がね」

少し俯《うつむ》き加減でそう話すクルゥ君の表情は暗く、声も沈んでいた。

何か気の利いたことでも言えればいいんだろうけど、なんと言ったらいいのか分からず、内心アタフタしてしまった。

「く、クルゥく――」

ぐぎゅるぅー……るるるぅぅ～っ。

僕がクルゥ君に声をかけたのと同時に、クルゥ君のお腹から『腹が減った！』と主張するように特大の音が鳴った。

岩が重なった狭い空間の中に響く、腹の音。

「…………」

「…………」

タブレットで時間を確認すれば、いつもの昼食時間をかなり過ぎている。

確かにお腹が鳴ってもおかしくはないだろう……タイミングが絶妙ではあったが。

「……ごほんっ。え、えーっと、お腹が空く時間だよね」

顔を真っ赤にしてそっぽを向くクルゥ君にフォローの言葉をかける。

「今朝作った昼食があるけど、ここで食べたら流石に外にいるヒトモドキに匂いでバレるよね？」

「えっと……フェリスの魔法薬は周囲の匂いも消してくれるみたいだから、大丈夫って言ってたよ」

周囲の匂いまでって……フェリスさんの魔法薬、万能じゃゃね？

とまぁ、少し重くなりかけていた雰囲気は腹の音によって霧散《むさん》したので、僕達は一旦ここで昼食をとることにした。

普通のサイズよりデカいサンドイッチを食べ終えて一息吐いた僕達は、亀裂の隙間から外を覗いてみる。

辺りに人影はなく、音もしない。

ハーネが最初に外に出て、空からヒトモドキが隠れていないかどうか確認している間に、そ〜っと隙間から顔を出して自分の目でも確認してみる。

目を凝《こ》らしながら左右を確認しても、ヒトモドキの姿は見えなかった。

戻ってきたハーネが大丈夫だと言うように擦り寄ってきたので、僕達はそのまま外へ出る。

どうやらヒトモドキは、僕達を見つけることが出来ず、諦めて違う場所へ移ったみたいだった。

それから僕とクルゥ君は探索を続け、大きな怪我をすることなく無事に一日を終了することが出来たのだった。

強敵出現

「それじゃあ、今日も別々で行動ね！」

「「はーい」」

次の日も、フェリスさんの言葉によって、僕とクルゥ君の二人で魔獣討伐をすることになった。

今日の皆は、フェリスさんとラグラーさん、ケルヴィンさんとグレイシスさんで組み、討伐作業にあたるみたいだ。

別々の場所に向かって別れた後、僕とクルゥ君はフェリスさんから貰った匂い消しの魔法薬を一気に飲む。

良薬は口に苦しと言うが、苦過ぎて本当に不味い。

今回はグレイシスさんからも『気配消し』や『体力回復』、『俊足』などなど、色々と使えそうな魔法薬を貰った。

ありがとうございます、グレイシスさん！

今日は集合場所と時間を事前に決めて（昨日はフェリスさんの魔法で皆のいる場所へ戻った）から、別行動に移ったのだった。


「クルゥ君、今日はどこに行こうか？」

「ん～……もう少し南に行ってみようかな。ほら、まだそんなに強い魔獣は出てないって情報がギルドから入ってるみたいだし」

クルゥ君は腕輪の中から取り出した地図を見てそう言った。

これはフェリスさんがギルドから借りてきた特殊な地図で、方位《ほうい》磁針《じしん》の機能と、ダンジョン内部を監視しているギルドから送られてくる情報が表示される機能が付いている。

ただ、常に移動する魔獣を完璧に監視出来るわけでもないので、情報が送られてきた頃には既に古い情報になっていた――ということもあり得るんだって。

これをギルドから借りるには少しお金がかかるけど、便利なものだからとケチらず、暁で三枚借りてきて、それぞれの組に渡されている。

ちなみに昨日も、クルゥ君に地図の確認は任せていた。

方位磁石を使いながら地図を見るなんて慣れない行為は、任せた方が安心である。

そんな感じでしばらく歩いていると、懐かしい魔獣……魔獣か？　と、はてなマークが出そうな生き物――てくてくキノコに遭遇した。

簡単に討伐出来て、焼いても良し、炒めても良し、煮ても揚げても蒸しても良し。そんな素晴らしい食材だ。

横目でクルゥ君を見れば、『てくてくキノコ＝食材』の方程式が出来ているのか、涎を垂らさんばかりに目を輝かせながら、てくてくキノコを見つめていた。

「ハーネ。僕達の食料が、そこにいっぱいいるぞ！」

《シュ～！》

こんな時は、いつも以上の協力態勢で討伐という名の食材調達をする二人＋一匹である。

てくてくキノコを討伐し、食料用とギルドに渡す用に仕分けてから、次の場所へホクホクしながら移動する。

それから、怪我をしつつも色々な魔獣を討伐していた僕達であったが――魔獣の異常発生とは何なのか、この後、本当の意味を知ることになる。

しばらくして、僕達はダンジョンの少し奥――中層付近へと足を進めていた。

僕達が今いる【名も無き古の地】は、扇状に似た地形だ。

中心へ行けば行くほど魔獣のレベルが強くなり、凶暴性も増すので、中心に行く場合は気を付けなさいとフェリスさんから言われていた。

とはいっても、僕とハーネ、それにクルゥ君とで力を合わせて戦えば、少しくらいの怪我はしても、魔獣を難なく倒すことが出来るようになっていた。

今だって、五つの尻尾を持つ猿に似た魔獣、猿尾《えんび》を五頭倒したばかりだ。

「ふぅ～。ちょっと手こずったね」

「うん。まさか強烈な酸を口から吐くとは思わなかったよ」

猿尾の攻撃は、離れたところから魔力を混ぜた声で威嚇することで相手を状態異常にしてから、直接殴りかかってくる――というものがほとんどだ。

しかしなぜか、今回遭遇した猿尾は僕達と対峙するなり、威嚇などせずに大きく胸を膨らませたと思ったら、口から水鉄砲のように酸を飛ばしてきたのだ。

咄嗟《とっさ》に避けようとしたけど、小さな飛沫《ひまつ》が服や肌に付着してしまい、服に穴が開き肌が火傷した時みたいに痛んだ。

この程度の怪我にフェリスさんやグレイシスさんから貰った魔法薬を使うのはもったいないので、ここは僕の回復魔法薬を飲んで治す。

倒した猿尾の尻尾を切り取って袋に入れてから、そろそろ休憩でもしようかと提案しかけた、その時――

いつもなら頭の上に乗って辺りを警戒しているハーネが、僕の右腕に体を巻き付けてきて、そのままジッと動かなくなる。

「どうしたんだ？」

まるで何かに怯えるみたいに震えるハーネに聞いてみるも、ハーネは震えながら僕の顔を見つめるだけ。

こういう時、ハーネの言葉が分かればいいのに、と思いながら、頭を撫でてあげる。

クルゥ君も僕の横に来てハーネを撫でていたんだけど、何かに気付いたように口を開いた。

「もしかして、ハーネが怖がるほどの魔獣が……近くにいるとか？」

「……え」

お互い顔を見合わせ、頭の中で自分達が今置かれている状況を理解した瞬間――

僕達が立っている場所から少し離れた岩陰から、黒い煙が揺らめくように立ち上ってきた。

煙は最初、細くゆらゆらと揺れているだけであったが、次第に大きく膨れ上がり、しっかりとした形へと変貌《へんぼう》する。

「あ……あ、あれは……」

煙の形が定まってくるにしたがって、クルゥ君が目を大きく見開いていく。

煙の塊《かたまり》は馬の大きさほどまで成長すると、黒く燃えるような体毛を持った虎となった。

「そんな……黒煙虎《こくえんこ》なんて、上級ダンジョンじゃなきゃ出てこない魔獣なのに」

「はぁっ!?　な、何でそんな魔獣がこんな所に――」

震えながら目を向けると、黒煙虎がグガァァッァアァ！　と大きな咆哮《ほうこう》を上げながら僕達に向かって突進してくる。

黒煙虎はたったの二、三歩で距離を詰めてきて、右前足を振り下ろす。

その衝撃で、僕とクルゥ君は五メートルくらい吹き飛ばされていた。

ダンッ、ダン、と地面に打ち付けられながら転がり、うつ伏せで倒れ伏す。

全身に広がる痛みに、冷や汗が噴き出た。

「ぐ……ぁっ」

燃えるように痛む左腕を押さえながら顔を上げると、離れた場所にいる黒煙虎が僕の方を見て、舌なめずりをしているのが目に入った。

グッと左腕を押さえた右手には、濡れた感触がある。

見れば、二の腕が爪で引き裂かれて血が流れていた。

血の匂いに興奮しているのか、黒煙虎が涎を垂らしながら唸り声を上げる。

そしてそのまま地面を力強く蹴ると、僕の方へ突進してきた！

ヤバい、早く立ち上がらなきゃ——そう思ったものの、黒煙虎が走る速度の方が速く、気付いたら僕の目の前にまで迫っていた。

やられる！　と目を閉じた瞬間。

《シャーッ‼》

今まで僕の腕に巻き付いていたハーネが、威嚇音を上げながら飛び上がる。

そして今まで披露《ひろう》した風魔法の中でも、最大のものを黒煙虎に向けて放つ。

黒煙虎は一瞬足を止めたが、それでも魔獣としての格が違い過ぎるのか、体を振るだけでハーネの風魔法は消えてしまった。

「グギャアァアアァッ！」

黒煙虎は苛立ったのか、鼻の上に皺《しわ》を寄せながら咆哮を上げる。

そして手を黒煙に変えて空中のハーネを搦《から》め捕り、自分の目の前の地面へと叩き付けた。

ハーネの細い体に前足を乗せて動けなくすると、大きく開いた口でハーネの羽を咥え——毟《むし》る。

《シャーッ！》

「ハーネ！」

暴れながら黒煙虎の足に噛《か》み付くハーネをものともせず、全ての羽をズッタズタにしていく黒煙虎。

僕は痛む腕を押さえていた手を離すと、剣を握り締めて立ち上がる。

「ハーネを放せっ！」

じわじわといたぶるようにハーネを傷付ける黒煙虎へと、僕は走り出す。

この魔獣は本当に強い。

僕の今のレベルじゃ全然勝てないことは分かっていても、大切な使役獣であるハーネを見捨てることなんて出来なかった。

ハーネの羽をペッと吐き出した黒煙虎は、向かってくる僕をひたと見つめる。

ハーネの体を押さえ付けていた前足を外し、黒煙虎が前へ一歩足を踏み出した瞬間——

「止まれっ！」

クルゥ君のハッキリとした声が辺りに響き渡った。

「……っ」

目の前がグニャリと歪んだようにボヤけ、眩暈に似た感覚がして、僕は額に手を当てながら足を止めた。

同時に、口の中に何かを突っ込まれる。

「んぐっ⁉」

「回復の魔法薬だよ！　全部飲んで」

マスクを直しながらクルゥ君にそう言われ、一気に飲み込む。

すぐに眩暈がおさまり、歪んで見えていた視界がハッキリしてくる。

黒煙虎によって出来た傷も綺麗に治っていた。

「どう？　大丈夫そうなら、ここから早く逃げよう！」

クルゥ君に腕を引かれつつ、地面の上で動けずウネウネしているハーネを慌てて回収し、走り出す。

走りながら後ろを振り返れば、鋭い爪を振り下ろそうという姿勢で固まっている黒煙虎がいた。

クルゥ君は魔声という、生まれつき魔力が備わった声を持っている。この魔声は、魔力を制御する者であれば、相手をコントロール出来るのだ。

彼はそのコントロールに苦戦していて、いつもマスクをしている。ただ訓練の成果で、最近ではマスクを外して魔声を放つことで、魔獣の動きを止めることが出来るようになっていた。

今回もその魔声で黒煙虎を止めてくれたらしい。

黒煙虎は動きたくても動けないようで、唸り声を上げながら走り去る僕達をジッと見つめている。

クルゥ君が魔声を使って黒煙虎を止めていなければ……

もしかしたら僕は、今頃生きていなかったかもしれない。

一瞬の判断で生死が分かれる――その事実にゾッとしながら、僕とクルゥ君は息が切れるまで走り続けた。


「はぁっ、はっ、はぁっ」

「はぁ、はぁ、っ……はぁ、はぁ」

しばらく走り続け、自分達の身を隠せすのにちょうどいい場所を見つけた僕達は、倒木と岩が重なる陰に身を潜めることにした。

ハーネを抱え込みながら地面にしゃがみ、荒い息を吐く。

上手く息を吸い込めなくて胸が苦しい。

出血は止まっているけど体の損傷が酷いハーネは、舌をチロッと出すだけで、ぐったりとして動かない。

額に滲《にじ》む汗を腕で拭っていると、タブレットから音が鳴った。

もちろんこの音は僕以外聞こえないので、クルゥ君は気付いていない。

クルゥ君の方を見れば、膝に額を乗せながらぐったりしているところだった。

ある程度息が整った頃にタブレットを開けば、『使役獣』のアプリにお知らせマークが付いていた。


【※戦闘で使役獣が行動不能な重傷を負い、治療したくても時間がなかったり回復薬などを使えなかったりした場合、一度アプリ内にお戻しください。使役獣の『死』を回避し、少しだけ回復出来ます】

【※Lv１の場合は10パーセントだけ回復出来ます。残りのダメージは使役者が治療を行ってください。なお、蘇生は出来ません】

その表示を確認して、腕に抱えるハーネに目を向ける。
綺麗な透き通った羽は根元からちぎられ、体は押さえ付けられていた前足の爪によって傷付いたのかところどころ鱗が剥がれて抉《えぐ》れ、血だらけになっている。
《シュー……》
「ハーネ、護ってくれてありがとな。ちょっと中で休んでいて」

アプリ内にある、ハーネの名前が表示されている枠をタップすると、淡い光に体が包まれたハーネはタブレットの中へと戻っていった。

ハーネが戻った枠はグレー色に変わり、枠の下に横棒グラフが表示される。

赤い棒線は短く、ゲームで言えばＨＰの残りが少ない状態なのだろう。

本当なら、回復系の魔法薬を飲ませてあげればいいのかもしれないけど、ここで残り数が少ない回復系の魔法薬を与えて、いざ自分が怪我をした時に使えないんじゃ意味がない。

それに、僕が作った回復薬でハーネの羽まで完璧に治せるか、不安だというのもある。

中途半端に治せば、体の傷が全て癒えていなくても、ハーネなら僕を護ろうとして絶対無理をするだろう。

そんなことはして欲しくないし、無理に動いて傷が開いて血が流れ、その血の匂いに引き寄せられて他の魔獣が寄ってきたら……かなり困る。

だから、ハーネにはアプリの中で少し休んでてもらい、もう少し安全な場所に移動してから、僕の魔法薬を飲んでもらおうと考えた。

ともかく、危機は一旦去ったと、クルゥ君と一緒に安堵の息を吐く。

――グルゥルルルゥウヴゥウッ。

しかしその瞬間、僕達が身を隠している岩陰の裏側から、低い唸り声が聞こえてきた。

条件反射のように、体がビクッと跳ね上がる。

岩肌に背中をピッタリくっつけながら、息を殺して気配を消す。

フェリスさんの匂い消しやグレイシスさんの気配消しを飲んでいても、一切見つからないわけではない。

出来るだけ物音を立てず、動かないのが得策だろう。

唸り声や地面を踏みしめる足音を聞くと、どうやら先ほどの黒煙虎ではないみたいだけど、岩陰の裏側――少し離れた場所にいる魔獣の数が……どう考えても多い気がする。

二匹や三匹ではなく、それよりもっと数が多いようだ。

もしやと思い、『危険察知注意報』を開いてみる。


【※『危険度70～89』命の危険が迫っています。即刻逃げましょう】


倒れそうになった。

これ、見つかったら即死コースじゃないですか。

全然危機は去っていないし、詰んだ……

半笑いになりながら遠い目をしていたんだけど、背をつけている岩の裏が騒がしいことに気が付いた。

いろんな魔獣の声が聞こえるから、たぶん縄張り争いでもしているんだろう。

この危険度の高さは、裏にいる魔獣のせいだろうか。

状況を確認するために、腕輪の中から、グレイシスさん製の気配を完全に消す魔法薬を取り出して一口だけ飲む。

全て飲んでしまうと、何かあった時に使えなくなっても困るので、ある程度残しておかないとね。

魔法薬を飲んだ僕は、静かに息を吐いてからゆっくりと立ち上がり、岩から顔だけ出して……泣きたくなった。

なんか、巨大魔獣同士の大戦争が起こっているんですが!?

宝石を体にちりばめたような巨大な蜘蛛《くも》や、シーサーみたいな顔を持つヒョウ柄の魔獣、額に角を持つ狐に似た巨大な魔獣。

三種類の魔獣が、群れごとに三《み》つ巴《どもえ》になって戦っている。

どれも今まで遭遇したことのない、巨大な魔獣ばかりだ。

お互い鋭い牙で噛み付き、爪で肉を引き裂き、自分が持つスキルを使って敵を屠《ほふ》っていく——もはや地獄のような有様《ありさま》だ。

思わず、膝を抱えてそっと座り直してしまった。

「どうだった？」

クルゥ君が小声で聞いてきたので、見たばかりの光景を説明したら、ガクリと頭を下げた。

「ここだって、すぐに安全じゃなくなるだろうから……抜け道があるかどうか探してくるよ。二人で移動すると気付かれる可能性があるし、地図を持っているボクが一人で行ってくる」

クルゥ君は言うと、気配を完全に消す魔法薬を半分ほど飲んでから、腰を低くして魔獣達がいる方向とは違う場所へ駆けていった。

新しい使役獣？

一人残された僕は、体育座りで息を潜める。

フェリスさんから貰った指輪を見ても、光る気配がない。

ということは、まだこれは危機的状況じゃないって判断されたんだろうか。

さっき出会った黒煙虎の時だって、怪我をしても発動しなかった。

これはきっと、僕達が瀕死《ひんし》の状態になるか、不意に即死しそうになるかでもしないと、魔法は発動しないのかもしれない。

フェリスさん、優しそうな見た目と違って鬼教官であられる。

まぁ、冒険者である以上は、そういう危険とも付き合っていかなきゃならないんだろうね。

魔獣達の咆哮や悲鳴を聞きながら、僕はタブレットを開く。

もう、こうなったら金額を気にしている暇はない。

『ナビゲーション』と『危険察知注意報』のレベルを上げておこう。

両方ともレベルを3にして、連動させた方が絶対いいでしょ。

ということで、今の僕に躊躇《ためら》いはない！

まずは『ナビゲーション』から。

【Lvを上げますか？　はい／いいえ】

『はい』をタップ。

【※『ナビゲーション　Lv3』にするためには、575000ポイントが必要になります】

『同意』をタップ。

続けて『危険察知注意報』だ。

【Lvを上げますか？　はい／いいえ】

『はい』をタップ。

【※『危険察知注意報　Lv3』にするためには、578500ポイントが必要になります】

『同意』をタップ。

これで連動出来るはずだ……ポイントはもうほとんどなくなっちゃったけど。

両方のアプリに時計のマークが表示され、ほどなくして消えると、タブレット画面にお知らせマークが付いた。


【『ナビゲーション』と『危険察知注意報』のレベルが3になり、連動が可能になりました】

【※連動したい場合は、アプリ同士を重ねてください】

【※解除したい場合は、アプリ長押しで表示される『解除』ボタンを押せば元に戻ります】

【※連動しているアプリを使用する場合、タブレットを持たなくてもタブレット画面が空間に表示されますが、五分間に魔力が20消費されます】


「へぇー、タブレットを手に持たなくてもいいなら、使いやすいかもな。んじゃ、早速アプリを連動させてみるか」

表示内容に従って、指先で『ナビゲーション』を押してアプリを移動させ『危機察知注意報』のアプリの上に重ねる。

すると、アプリ同士が溶けるように混ざり――

【New！『危機察知ナビ　Lv3』】


捻りも何もない、そのまんまな感じの新生アプリが登場した。

ただ、新しくLv1からじゃなくてLv3から使えるのは、かなり助かる。

ということで、早速新しいアプリを起動してみる。

『危機察知ナビ』をタップすると、タブレットが一度腕輪に戻り――僕の前方右斜め横の空中に、カーナビのヘッドアップディスプレイのようなものが浮かび上がる。

「おぉ、すげぇー」

見れば、青い矢印《僕》を中心にして、半径三百メートル範囲の地図が表示されていた。

画面の枠が赤く点滅し、右上には**【『危険度70～89』命の危険が迫っています。即刻逃げましょう】**と表示されている。

僕の後ろ側には、魔獣を示す赤色の丸いマークがウジャウジャと蠢《うごめ》いているけど、それ以外の方向にはあまりいない。

どちらかというと、遠くの方にはいるのだが、僕の後ろにいる魔獣達を避けるというか……避難しているみたいにも見える。

何気なく、ナビに表示されている赤丸マークをタップしてみると、ウィンドウに巨大蜘蛛が表示された。

魔獣の種族名までは出なかったけど、その下には**【危険度70】**と書かれている。

このアプリ、めっちゃ使えるんじゃないか——と思った時。

画面後方の大量の赤丸マークの中の一つが、凄い速さでこちらへと近付いてきた。

あまりの速さに逃げる暇もない。

もしかして、僕がここに隠れているのが……バレた!?

背中の岩に体を押し付け息を殺していると、パラパラッと頭上から水滴が落ちてきた。

頬にかかる水滴を指先で拭うと、それは一度見たら絶対忘れられないドピンク色で——魔獣の血液だと気付く。

え、何でこんなものが……と指先に付着したピンク色の液体を眺めていると、僕の目の前にある大きな樹の幹に何かが勢いよくぶつかり、そのまま地面へと落ちる。

「——っ!?」

悲鳴が出そうになり、慌てて両手で口を押さえながら、目の前に落ちてきたものに目を向ける。

それは、血だらけになった小さな幼獣だった。

毛は血がベットリ付着して元が何色か分からない状態になっているけど、額に小さな角を持っているから、狐に似た魔獣の仲間なんだと思う。

どうやら、魔獣同士の争いに負けてここまで飛ばされたようだ。

死んでいるのかと思って見つめていると、小さな魔獣はピクリと一瞬体を震わせたと思えば、キューッと鳴いた。

まだ、死んでない！

しかし、それは時間の問題でもあるというのが、見ただけでも分かる。

そうこうしているうちに、僕が隠れている岩の裏側では、魔獣同士の争いに勝負が付きつつあった。

空中に浮かぶディスプレイに表示される赤丸の数が、どんどん少なくなっていく。

もう一度岩陰から顔をそっと出して見てみると、争いは『蜘蛛VSシーサーっぽい魔獣』に突入していた。

どうやら僕の目の前に落ちてきた幼獣と同じ魔獣達は、地面に倒れて事切れているか、蜘蛛の糸で全身を巻かれ、足の一部しか出ていない状態だった。

たぶん、魔獣同士の争いに負けたのだろう。

僕は顔を引っ込めると、すぐ側に倒れている幼獣に視線を向ける。

《キュー……キュウウ》

悲しそうな声で鳴く幼獣の姿が、傷だらけになったハーネの姿に重なる。

僕は『危機察知ナビ』を一度閉じて『使役獣』のアプリを起動した。

倒れている幼獣をテイム出来れば、助けることが出来るんじゃないかと思ったからだ。

でも、今の『使役獣』のレベルだと、初級ダンジョンにいるような魔獣じゃないとテイム出来ない。この魔獣が中級ダンジョンにいる魔獣であれば……アプリのレベルを上げるしかない。

一応、倒れている幼獣に向けてテイム――と声を潜めて呟いてみたら、**【アプリのレベルが足りません。『角狐《つのぎつね》』はLv2からテイムが可能になります】**と表示される。

やっぱりダメかー！　とガックリ肩を落とす。

『使役獣』のレベルを上げようにも、別のアプリ――しかも二つもレベルアップしたばかりなので、タブレットのポイントはすっからかんだ。

仕方がない、こうなったら……

いざという時のために手を付けないでいた腕輪の中にある現金と、ギルドカードに貯めていたお金を全てポイントにチャージしようじゃないの！

思っていたより貯まっていた現金を、全額タブレットにチャージし――『使役獣』のレベルを2へと上げる。

【中級ダンジョンの魔獣がテイム可能になりました】
【※魔獣のレベルが使役者よりも高い場合、テイム出来ません】

レベルアップによって空枠が二つ増え、合計四匹の魔獣を使役出来るようになった。
そのうちの一つをタップする。

【『角狐』をテイムしますか？　はい／いいえ】

僕が『はい』を押せば、地面に倒れている幼獣の体の下に魔法陣が浮かび上がり、タブレットの画面内、ハーネの隣にあった空枠部分に幼獣の画像が浮かび上がった。

【※『角狐』生存パーセンテージが残り2パーセントのため、延命措置《そち》を開始します】
【※延命措置中は名前を付けることが出来ません】
【※生存パーセンテージが10パーセントに上がりましたら、名前を付けることが可能になります。その後は、使役者が魔獣の治療を行ってください】

けっこうギリギリだったみたいだ、間に合ってよかったよ。

今のところこれ以上僕が出来ることはなさそうなので、『使役獣』のアプリを閉じた。

タブレットを腕輪に戻しながら溜息を吐く。

本当であれば、魔獣は討伐対象なんだけど……どうしても、ちっちゃな動物《魔獣》が怪我をしているのに、見捨てるなんてことは出来なかったんだよね。

アプリ内にいれば最低限の処置はしてくれるみたいだから、ここから離れて安全な場所に行ってから、ハーネと一緒に魔法薬で治療してあげようと思う。

しかし……今回のレベル上げで、ポイントと現金をほぼ使い切ってしまった。

また頑張ってお金を貯めなきゃなー。

そんなことを思っていると、クルゥ君が体勢を低くしながら戻ってきた。

僕の隣へ座ったクルゥ君は、荒くなった息を整えつつ、胸元から地図を取り出して広げる。

「ここから安全に抜け出せそうな道を見つけたよ」

そう言って、地図を見せてくる。

「ケント、グレイシスから貰った気配消しの魔法薬は、まだある？」

「うん、まだあるよ」

「じゃあ、それを全部飲んで――ここから早く抜け出そう。見つかるのも時間の問題だから」

だった。

「分かった！」

僕達は気配を完全に消す魔法薬の残りを飲み切ると、立ち上がってその場から駆け出したのだった。

クルゥ君を先頭にして、僕達は周囲を警戒しながら走っていた。

腕輪の中から、自分が調合した体力や疲労回復の魔法薬をクルゥ君に渡し、飲みながら走り続ける。

僕は『危機察知ナビ』を起動しておいて、空中に浮かぶディスプレイで状況を確認する。危険度が高い魔獣と遭遇しそうな時は回避出来るルートをそれとなく伝え、低い魔獣は倒しながら先へと進む。

しばらく走っていると、赤く点滅していた『危機察知ナビ』の外枠も普通に戻り、近くにいる魔獣も僕達の力だけで倒せるものが多くなってきた。

僕は、前を走っていたクルゥ君に声をかけた。

「ねぇ、クルゥ君。他の魔獣と遭遇する危険もあったのに、本当に一人でここまで様子を見に来てたの!?」

「まぁ、魔声もあるし……何とかなるかと思って。それに、さっきまでは本当に一回も魔獣と遭遇しなかったんだ。何で今はこんなに魔獣と遭遇するんだろう……不思議なくらいだよ」

首を傾げるクルゥ君であったが、大きなヒビが入った巨木の前で一度立ち止まると、地図を見ながら辺りを確認する。

「この地図の情報だと、もう少し先に進めば集合場所に繋がる小道があるんだ」

「本当？　じゃあ、急ごう！」

苔が覆う石や、地面を這《は》う木の根に躓《つまず》かないように気を付けながら走り続ける。

倒木を避けつつ走っていると、小道――両脇が少し背の高い藪に囲われた、細い木のトンネルみたいな小道が見えてきた。

これでもう大丈夫だと、緊張感が緩んだ瞬間――『危機察知ナビ』の外枠が、突然赤く点滅した。

慌ててディスプレイを見れば、画面の左上から凄い速さでこちらへと近付いてくる赤丸マークに気付く。

このまま進むのは危険だ！

少し前を走るクルゥ君の腕をグイッと掴み、走るのを止めた。

「クルゥ君、止まって！」

「わ――っ!?」

体勢を崩して驚くクルゥ君の口を、僕は焦りながら手で押さえる。

クルゥ君は瞬きをしながら、ムッとした表情でこちらを見てきたんだけど、僕の視線の先を見ると、ピタリと動きを止めた。まだ魔獣は見えないが、何かしらの気配を感じ取ったのだろう。

サワサワと樹の葉が風で揺れる音と、自分の唾を呑む音が耳元で大きく聞こえる。

視線だけ左右に動かし、どこか隠れる場所はないかと探すが、この辺りには竹のような細い木々が並んでいるだけ。さっきみたいに全身を隠せるほどの倒木や岩は、残念ながら全く見当たらない。

思わず舌打ちしたくなったが、ナビに表示されている赤丸マークが、青い矢印に重なるくらい近付いてくる。

息を殺しながら顔を真正面へと向け直すと――少し離れた場所にある藪が揺れた。

心臓が痛いくらいに早鐘《はやがね》を打つ。

僕はクルゥ君の口からゆっくりと手を離すと、静かに武器を構える。

クルゥ君も両手に武器を持ち、同じ場所に視線を向けた。

「…………」

「…………」

ハーネがいない状態で、どこまで戦えるのか。

剣の柄をギュッと握り締めたのと同時に、藪の中からゆっくりと魔獣が姿を現す。

その距離は、二百メートルも離れていない。

シーサーのような顔を地面に近付けて匂いを嗅いでいた、さっき見たのと同じ魔獣は、ふと、顔を上げて僕達の姿をその瞳へ映す。

瞬間、その魔獣が体の毛をブワッと逆立て、唸り声を上げながら鋭く睨んでくる。

「っ⁉」

「ひっ⁉」

恐怖で膝が笑いそうになった。

しかもこの個体、さっきよりも大きく見える。

震えて動けないでいると、クルゥ君がゆっくりと口元に手を持っていき、指先でマスクを下にずらすのが視界の端に見えた。

反射的に僕がサッと耳を両手で塞ぐのと同時に、クルゥ君が叫ぶ。

「僕達はお前の仲間だ。ここより先に進めば仲間が戦っている場所がある――そこへ行け！」

その言葉が届いたのか、唸り声を上げていた魔獣が一瞬落ち着いたように見えた。

しかし……

ウゥルゥウ……ウゥッ、グゥウゥッ……グガァアァアァッ‼

僕達の前から去りかけた魔獣だったが、急に立ち止まったと思うとその場で何度も頭を振ったり、地面の土を前足の爪で引っ掻いたりする。

そして突然咆哮を上げ、僕達を血走った目で睨んできた。

怒り狂ってます、という言葉がピッタリな顔である。

魔声が上手く効かなかったと気付いたクルゥ君は、舌打ちをしてから次の言葉を紡ぐ。

「止まれ、動くなっ！　地面へ伏せろ！」

クルゥ君の魔声を聞いた魔獣は、一瞬体を硬直させると、苦しそうに体を震わせた。

今まで戦ってきた魔獣達と違って、クルゥ君の魔声を聞いても、倒れずに僕達の方へ向かってこようとしている。

だけど、ダメージは確実に食らっているはずだ。

僕は腕輪の中から麻痺《まひ》系の効果がある魔法薬を取り出すと、瓶ごと魔獣に投げつけた。

今回投げた瓶は、いつも使っている頑丈なものとは違い、投擲《とうてき》攻撃用に割れやすくなっているものだ。

魔獣の体に当たった瞬間、瓶が簡単に壊れ、中身の痺《しび》れ薬がかかった。

その瞬間、足が震えて立っていられなくなった魔獣は、大きな音を立てて地面へと倒れ伏す。

「今のうちに逃げよう！」

「うん！」

地面を爪で何度も引っ掻く魔獣の横を通り過ぎ、目的地へと続く木のトンネルへ、あともう少しで辿り着きそうになった。その時――

――キィーーーーッ！

まるで黒板を爪で引っ掻いたような不快な音が、辺りに響き渡る。

「うわぁっ⁉」

「なっ、なに？」

あまりの音に、僕達は立ち止まって耳を塞ぐしかなかった。

耳に手を当てながら音の発生源を探してみれば、それは地面に倒れている魔獣の鳴き声だと気付く。

魔獣はすぐに鳴き止み、今は弱々しい声で鳴くだけだ。

クルゥ君の魔声と、僕が作った痺れ薬の魔法薬が効いているらしく、動くことは出来ないみたいだ。

そんな魔獣を見た僕は、「早く先を急ごう」とクルゥ君に声をかけようとしたんだけど……

「く、クルゥ君、どうしたの？　顔が真っ青だよっ⁉」

「……う……ぁっ」

顔面蒼白《がんめんそうはく》になり、震えながら魔獣を見るクルゥ君の肩に手を当てると、クルゥ君は何度か口を開けたり閉じたりしたあと、ゆっくりと僕の顔を見た。

「ケント……どうしよう」

「何があったの？」

「あの魔獣、たぶん仲間を呼んだんだ……すぐに、ここに集まってくる」

「……え？」

クルゥ君の言葉を頭が理解するよりも早く、空中に浮かぶディスプレイが警告を発する。

ディスプレイ中央に位置する僕とクルゥ君を目指すようにして移動する赤丸が、一つ、二つと増えていく。

キュオーン！　と倒れる魔獣が今までとは違う寂しげな鳴き声を出すと、ディスプレイの赤丸が一気に加速した。

そして次の瞬間、藪の中から、巨大な魔獣が六頭も出てきた。

「はは……嘘だろ」

「……ははは」

自然と口から出てきた僕の言葉に同意するように、クルゥ君も乾いた笑い声を零す。

あともう少しで安全な場所に辿り着くっていうのに、何でこんなことになるのか。

ここは、もう一度同じ方法で切り抜けるしかない。

僕が耳を塞ぎ、クルゥ君がマスクに手を掛ける。

しかし直後、地面に倒れ伏す魔獣に顔を寄せていた一頭の魔獣が、顔を上げた。

――グガァーッ!!

その一頭から発されたのは、ビリビリと皮膚を刺激するほどの、殺気を含む咆哮だった。

それを直接浴びた僕達は、体がガッチガチに硬直し、動けなくなってしまう。

人間、本当の恐怖を体験すると、声すらも出せないのだと気付いた。

ハッ、ハッ、ハッ、と浅い呼吸を繰り返し、立っているのもやっとな状態の僕らを見た魔獣は、前足で地面を何度も引っ掻き、上半身を低く身構えて戦闘態勢になる。

酸欠になってきているのか、頭がボーッとする。

魔獣が低く吠《ほ》え、地面を蹴って飛び上がるのが見えた。

血走った目や、大きな口から覗く牙や鋭い爪。

僕達に向かって飛びかかってくる魔獣の動きが、スローモーションに感じる。

それでも、僕達の体は言うことをきいてくれない。

魔獣が僕達目がけて降下しようとした、その時――

ドッ、ドドドドッ！　と、僕達の背後から飛んできた太い弓矢が、魔獣の体に何本も撃ち込まれた。

僕達に向かって飛びかかってきた魔獣が後方へと吹き飛ぶ。

ギャンッ！　と言う声を魔獣が上げた瞬間、僕達の後ろから凄い速さで何かが通り過ぎた。

動かない体で目を見開いていると、通り過ぎた何かは、魔獣の集団の元へ一直線に飛び込んでいく。

「ハッ！」

「おらぁっ！」

さらにもう一人が、矢に撃たれて倒れた魔獣に迫ってとどめを刺すと、そのまま集団の方へ駆けていく。

なんだか見覚えのある姿をした彼らは剣や巨大な斧《おの》を振るい、あっさりと魔獣達を薙《な》ぎ倒していた。

その光景は圧倒的で……僕達が咆哮だけで体を竦《すく》ませていたというのに、彼らにはまるで弱い魔獣を相手にしているかのように見える。

僕とクルゥ君は、ポカンと口を開けてその光景を見ていたんだけど、僕達の後ろにはまだ誰かがいたらしく――のほほんとした調子で声をかけられた。

「いやぁ～、君達危ないところだったねん！　怪我はなかったかなぁ～ん？」

予想外の再会

この独特な喋《しゃべ》り方には、聞き覚えがある。

まさか！　と思い、ぎこちないながらも動くようになった体で振り返る。

「あれれん？　そこにいる男の子って、よく見たらケントじゃん。おっひさーん！」

「あ、お久し振りですルルカさん……それにウェルネスさんも」

こちらに向かって歩いてきたのは、以前僕が在籍していたパーティ龍の息吹メンバー、ルルカさんとウェルネスさんだった。

にぱっと笑いながら手を振るルルカさんは、童顔で可愛らしい外見と独特な喋り方をしているために、十代に間違えられやすいが、二十代前半の立派な成人女性である。

人間の外見とほぼ変わらない……が、猫耳と尻尾の生えた、猫の獣人だ。

緩く結んだおさげを揺らしながら、ルルカさんは五本の矢を右手の指に挟むと、そのまま弓につがえて「ほいよ～っと！」と軽い感じで矢を放つ。

淡い光を帯びた矢は、ルルカさんの指から離れた瞬間、逃げ惑う魔獣達の急所へと凄いスピードで吸い込まれるように命中した。

「ほ〜い！　討伐完了ねん。そういえばウェっちゃん、なんかケント達の動き変じゃなぃ？」

「……魔獣のスキル『脅嚇《きょうかく》』を受けて、状態異常を起こしているんだろう」

眠たそうな顔で、淡々と答えるウェルネスさん。

彼はザ・魔法使いって感じのローブを身に纏っていて、見た目通りに魔法使いをしている。

主に治癒系の魔法が得意なんだけど、まだ動きがぎこちない僕達を見ると、溜息を吐きながら治癒魔法で元の状態へと治してくれた。

状況を理解出来ない僕とクルゥ君が呆然《ぼうぜん》と突っ立っていると、魔獣を倒し終えたらしい二人の人物が僕達の元へとやってきた。

「あん？　そこにいるの、ケントじゃねーか？」

「ケント君？　――あ、本当だ」

一人は、筋肉もりもりマッチョマンな男性で、ゴルザスさん。

盾役にもなれるし、接近戦も得意。しかもデカい外見のわりに動きが速く、スピードとパワーで敵を蹴散《けち》らしていく。

そして、最後の一人は……

「ケント君、久し振りだね。元気そうで何よりだよ」

柔らかい話し方をするこの人は、龍の息吹のリーダーであるカルセシュさんだ。

副リーダーであるカオツさんの……お兄さんでもある。

カルセシュさんはカオツさんとは違い、誰に対しても丁寧な喋り方をする。

そして、何も出来ない雑用係である僕にさえ、毎日「ありがとう」「いつも助かっているよ」「君のおかげで、今日も家の中が綺麗で過ごしやすい」と声をかけてくれていた、凄くいい人だ。

僕を龍の息吹内で認めてくれていた、筆頭人物でもある。

そして、今ここにいる皆さんも、僕に対して好意的だったメンバーだ。

「あの、助けていただいてありがとうございました。龍の息吹の皆さんも、ギルドの討伐依頼を受けていたんですね」

僕がそう言うと、なぜか皆の視線が泳ぐ。

え、一体どうしたんだ？

首を傾げていると、カルセシュさんの口から驚くべき発言が飛び出した。

「実は……私達は、龍の息吹を抜けたんだ」

抜けたって……龍の息吹はカルセシュさんがリーダーなのに⁉

驚く僕に、カルセシュさんは「パーティは、弟のカオツに譲ったんだ」と言う。

「ケントくんが抜ける少し前辺りから、人間関係がギクシャクしていたからね。私のやり方が気に入らないと不満も多く出ていたし、ここ最近は依頼を失敗しそうになることも多々あって……皆を纏められなかった責任として、弟にリーダーの座を譲ったんだよ」

「……そんなことがあったんですね」

「ケント君が自分から出ていくと行った時も、本当は引き留めたかったんだけど……このまま私達のパーティにいても、君にイヤな思いをさせるだけなんじゃないかと考えて、許可を出してしまった。抜けた後の生活のフォローも出来ない状態で追い出してしまって、本当に申し訳なかった」

カルセシュさんは、そう言って頭を下げた。

「もっと、私が皆との間に入って君を守れていたら……」

「そんな！　頭を上げてください！　あの時の僕は、皆さんが言うように何も出来ない、足手纏いでしたから」

頭を掻きながら笑うと、「そんなことないよー」とルルカさんが首を横に振る。

「少なくとも、あたし達はケントがいてくれて助かってたよん。ね〜、皆？」

ルルカさんの言葉に、皆が首肯してくれる。

頷く皆を見てから、ルルカさんはジト目でカルセシュさんを睨むように見つめる。

「それなのに、あたし達になーんの相談もなくケントを辞めさせたリーダーに、あの時は流石に腹が立ったわー」

「だから、ごめんって何度も謝っているだろう？」

カルセシュさんは溜息を吐いた後、僕に向き直る。

「ケントくんが新しいパーティに入ったのは聞いていたけど、そこで上手くやっているようで本当によかった――これからは、お互い一冒険者としてよろしくな」

「は、はい！　よろしくお願いします！」

カルセシュさんに『冒険者』として認められたことを嬉しく思いながら、僕は差し出された手をギュッと握り返した。


それからカルセシュさん達にクルゥ君のことを紹介して、僕が龍の息吹にいた頃のことや、パーティを抜けてからの出来事など、色々と話した。

そんな楽しい時間は、あっという間に過ぎてしまう。

ボーッと、どこか遠い場所を見つめていたウェルネスさんが、突然口を開いた。

「そこそこ強いのが二、雑魚が十五」

かと思えば、道なき獣道をローブの裾を翻《ひるがえ》しながら一人進んでいく。

突然の行動に、あんぐりと口を開けて驚くクルゥ君。

まぁ、僕は何度か経験したことがあるから驚かないけど。

たぶん、「そこそこ強い魔獣が二体、雑魚が十五体いるのを見つけたから、討伐に行くぞ」……ということで間違いないはず。

そして、ウェルネスさんは、対魔獣専用の広範囲な探索魔法で周囲を常に監視している。そして、討伐対象の魔獣を発見すれば、そこまでの最短ルートを弾き出して、どんな道でもお構いなしに進んでいくのだ。

魔法で移動しないのかと思ったことがあるのだが、移動魔法は魔力を多く使ってしまうので滅多に使わないいんだと、龍の息吹に在籍していた時に教えてもらった。

なので、「空が暗くなってきた頃に、私の魔法で二人を呼び寄せるから心配無用！」とか軽く言えるフェリスさんが、規格外なのである。

まぁ、それはエルフだからなのか、フェリスさんだからなのかは分からないけど……

「おぉっと、魔獣の群れをウェっちゃんがはっけーん！　それじゃあケント、またねん！」

「もっと筋肉付けろよ。じゃあな」

ウェルネスさんの後を、ルルカさんとゴルザスさんが追う。

その後をカルセシュさんが「それじゃあ」と言いながら追おうとしたところで、僕は慌てて呼び止める。

「あ、カルセシュさん！　こんなものじゃ足りないかもしれませんが……これ、助けてもらったお礼です。後で、皆で食べてください」

僕は腕輪の中から、今日の夕食後のおやつに出そうと思っていた作り置きデザートの、パイ生地で作った一口チョコクロワッサンが入った袋を手渡した。

「ダンジョン内での食べ物は貴重品なのに……いいのかい？」

「もちろんです！」

「それじゃあ、ありがたくいただくとするよ」

カルセシュさんは受け取った袋を胸元に入れてから皆の後に続こうとしたんだけど、何かを思い出したように再び足を止める。

そして僕達の後方を一度チラリと見てから、指輪に視線を移した。

「そういえば……君達が嵌めてるその指輪、かなり高度な魔法が施されているね」

「え？　あぁ、この指輪はフェリスさん……僕達暁のリーダーが作ってくれたんです」

「へぇ……」

カルセシュさんは顎に指を当て、面白そうな表情を浮かべる。

「さっきは偶然近くを通りかかった私達が、あの魔獣から君達を助けたけど……たぶん、私達があと一歩でも助けるのが遅れていたら、君達を見守っている人が来ていただろうね」

カルセシュさんはそう言ってから、「いつかその指輪の製作者と手合わせしてみたいものだ」と笑う。

意味深なことを言うカルセシュさんに、どういう意味か尋ねようとしたところで、先を進むルルカさんが彼を呼ぶ声が聞こえてきた。

「おっと、そろそろ行かないと……それじゃあ元気で」

そう手を挙げながら、カルセシュさんは皆の元へと走って行ったのだった。

「……なんか、いろんな意味で凄い人達だったよね」

「ははは、龍の息吹にいた時はそれが普通だったから何とも思わなかったけど、こうして久し振りに会うと……本当にそう思うよ」

いつか……また会う機会があったら、今度は暁の皆も一緒に食事をしながら、いろんな話をしたいな。

カルセシュさん達の姿が完全に見えなくなってからそんなことを考えていると、隣に立っていたクルゥ君が突然大きく息を吸い込む。

かと思えば、はぁ～っと特大な溜息を吐いた。

いったいどうしたんだろう？

「ねぇ、気配は全く感じないんだけど……そこにいるんでしょ？」

腰に手を当て、何もない空間を睨むクルゥ君。

いるって……誰が？　と辺りを見回しても誰もいないし、どういうことだろう？

僕の頭の中ではクエスチョンマークが飛び交う。

わけが分からず困惑していると、僕達が立っている場所から少し離れた空間が、蜃気楼《しんきろう》のようにユラリと揺れ――そこから、フェリスさんとケルヴィンさんが姿を現した。

「えぇっ⁉　フェリスさん？　それに、ケルヴィンさんも、どうしてここにいるんですか⁉」

「……やっぱり、いた」

え⁉　クルゥ君もしかして二人がいることに気付いていたの？

僕はさっぱり分からなかったよ……

「クルゥ君、よく気付いたね？」

「いや、ボクも気付かなかったんだけど……さっき、カルセシュさんがチラチラ僕達の後ろを見ていたのと、君達を見守っている人、っていう言葉でピンときたんだ」

クルゥ君は二人を見ながら「おかしいと思ったんだ」と言う。

「ボクが一人で行動している時は全く魔獣と遭遇しなかったのに、ケントと一緒に行動するようになった途端、急に遭遇率が上がったんだもん。冷静になれば、どう考えてもおかしいって思うでしょ。それより……いったい、いつからそうやって僕達を見てたのさ！」

ぷりぷりと怒るクルゥ君に、姿を現したフェリスさんがニコッと笑みを浮かべながら言う。

「クルゥとケント君だけで討伐を始めてから、ずっと見守ってたわよ」

「……ということは、ラグラーさんやグレイシスさんも、このことを知ってたんですか？」

「もちろんよ！」

僕の問いかけに、笑みのまま頷くフェリスさん。

……そうだったんですね、全然気付きませんでした。

「それなら教えてくれてもよかったのに」

クルゥ君がそうブツクサ呟いていると、ケルヴィンさんがしれっと答える。

「こんな魔獣が異常発生しているダンジョン、本当にお前達二人だけで行動させるのは危険だからな」

「いや……いやいやいや！　それだったら、僕達だけで行動させなければよくないですか⁉」

「そうだよ！」

僕とクルゥ君が咄嗟にそう突っ込むが、ケルヴィンさんは「それだと意味がない」と首を横に振った。

「以前も言ったが……自分達の力だけで魔獣と戦うことに意味がある。そうすれば己の力量が分かるし、どんな逃げ方をすれば一番安全なのか、身をもって体験出来る。だが、私達がいれば、『危なくなったら大人が助けてくれる』と安心してしまうだろ？　それだと意味がない」

「戦闘経験って、冒険者にとっては本当に重要だからね。まぁ、それでも本当に危ない魔獣を見つけたら、先回りして倒していたの」

ケルヴィンさんとフェリスさんの言葉を受けて、思わず言葉が漏れる。

「指輪をしている意味って……」

「それがあるのとないのとじゃ、安心感が違うでしょ？　さっきだって、本当は指輪で呼び寄せようとしたんだけど……私が魔法を発動させる前に、彼らに先を越されちゃったのよ」

「……そうだったんですね」

ケルヴィンさんとフェリスさんの話を聞いて、ふっと体の力が抜けたように感じた。

「よく、頑張ったな」

僕とクルゥ君の頭の上に、ポンッとケルヴィンさんの大きな手の平が乗る。

そして僕達を労《いたわ》るみたいに、クシャクシャと頭を撫でてきた。

普段あまり他人を褒めない人にそんなことをされて、嬉しさと照れくささが混ざった不思議な感情が生まれたんだけど……

ケルヴィンさんの握力が強過ぎて、首がガクガクと揺れて痛い。

「ちょっと！　痛いからっ!?　やめてよ、もぉ～」

「む……すまん」

頭を擦りながらぷりぷり怒るクルゥ君に、ケルヴィンさんは、そんなに力を入れてないのにな、とでも言いたげに首を傾げていた。

そんな二人を見ながら僕は笑っていたんだけど、ふと、フェリスさんがさっきから静かなことに気付く。

いつもはこういう時にノリノリなのは彼女なのに。

「……フェリスさん？　どうかしたんですか」

「え？　あぁ、ちょっと気になることがあって」

「気になること……ですか？」

僕の疑問に、フェリスさんが頷く。

「えぇ、あの龍の息吹の元リーダー……いったい何者なんだろう？　私、結構本気で気配遮断の魔法を周囲にかけていたんだけど、あの人……こっちの居場所を正確に読み取ってたみたいなのよね」

それは、フェリスさんがBランク冒険者で、カルセシュさんがAランク冒険者だからじゃないですか？

そんな考えを口に出す前に、フェリスさんがパンと手を叩く。

「まぁ、それはさておき！　そろそろ集合場所に集まる時間だから、移動しましょ」

タイミングを逃した僕は、言おうとしていた言葉をそのまま呑み込んだのだった。

新たな使役獣のお披露目《ひろめ》！

「暇だねー」

「だね～」

僕とクルゥ君は今、二人で日向ぼっこをするかのように、お互いの背中を合わせて地面に座ってボーッとしていた。

何でこんなにダラーンとしているのかと言うと――

魔獣が異常発生しているはずのダンジョン内で、『眠りの時』が来たからだった。

『眠りの時』というのは不定期で発生する、ダンジョン内で一定期間、魔獣が一切出なくなる現象のことを指す。

魔獣討伐に来ているのに、ダンジョン内に魔獣が一切いない。

なので、やることがないのである。

そもそも、魔獣が異常発生しているはずなのに、相反するような現象である『眠りの時』が発生する――そんなことが起こるのかと驚いたんだけど、「稀《まれ》にある」ことらしい。

そうなれば、『眠りの時』が終わるまで、冒険者は手持ち無沙汰《ぶさた》になるのだ。

顔を横へ向ければ魔草の密集地が見えるが、今は萎《しお》れてカサカサな状態だ。

あれが元の状態に戻らなければ、魔獣も戻ってこない。

『眠りの時』が来たのを確認したラグラーさんが、「やることもないし、一旦家に帰らないか？」と提案してくれたんだけど、フェリスさんがダメだと首を横に振ったんだよね。

このダンジョンに初めて入った時に言っていたように、三週間以上連続でダンジョン内に留まっていなければ、長期討伐の特別手当が出ないからなんだって。

まぁ、それも残り数日だし、それまでの辛抱だから我慢出来なくもない。

萎れている魔草から視線を離し、反対方向へ向けたら――濡れた髪を花の蜜でお手入れしている、フェリスさんとグレイシスさんがいた。

数日前、グレイシスさんとラグラーさんが二人で討伐作業をしている最中、川全体が温泉という、ある意味秘湯みたいな場所を見つけたらしい。

『眠りの時』で魔獣が出てこない絶好の機会である今、そこへ朝早くから行って入浴してきたそうだ。

川の温泉があるなら、もっと早く教えてくれたら入りに行ったのに……と思ったんだけど、その川はかなり凶暴な魚系の魔獣が潜んでいたらしく、入浴出来る状態じゃなかったんだって。

そんなわけで、今朝方その存在を教えてもらったというわけである。

……といっても、視界を遮るパーティションみたいなものもないので、女性陣と同じタイミングで川に向かうわけにもいかない。

もう少ししたら、クルゥ君と一緒に行く予定です。

ラグラーさんとケルヴィンさんも誘っていたのだが、ちょっとそこら辺を散歩してくると言って出かけている。

《シュ～♪》

ボーッと空を見上げていると、上空を飛んで遊んでいたハーネと目が合った。

ハーネは嬉しそうな声を出しながら僕の方へと降りてきて、腕に体を巻き付けてくる。そのまま僕の肩の上に顎を乗せ、楽しそうに尻尾をピコピコと振っていた。

黒煙虎によって羽を毟り取られ、大怪我をしたハーネであるが……すっかり回復して、今はピンピンしております。

アプリの中である程度回復したのを確認してから、グレイシスさんから貰った魔法薬を与えると、怪我はあっという間に治った。

流石に羽は生えてこなかったけど、それ以外の怪我は綺麗さっぱり消え、痕も残らなかった。

じゃあなんで今羽が生えているかというと……脱皮したからだ。

ハーネは葉羽蛇という魔獣だけど、名前に蛇とある通り、脱皮するんだって。

進化する時か、大きな怪我をした時のどちらかで脱皮するそうで、そのたびに少しだけ鱗が硬くなるんだとか。

魔法薬を飲ませた後、急に脱皮し始めたからびっくりしちゃったよ。

僕はそんなハーネの顎を指先で撫でてあげながら、タブレットを開く。

『使役獣』のアプリを確認すると、ハーネの隣の枠——角狐の幼獣がいる枠では、まだ延命処置が終了していなかった。

ハーネよりも酷く体を損傷していたから、時間がかかっているのかもしれない。

とはいえバーもだいぶ伸びてきたし、もうそろそろだろうか。

そう思っていると——


【『角狐』の生存パーセンテージが10パーセントになりました】

【※テイムした魔獣に名前を付けてください】


という表示が出てきた。

ようやく最低ラインを超えることが出来たみたいだ。

ではでは、早速名前を付けてみましょうか。

枠の下にある名前を打ち込む部分に、キーボードで入力していく。

実は、名前はもう考えている。

——ライ、というのがそれだ。

その由来は、角狐の幼獣と出会った時、幼獣の仲間が角の先から雷みたいな攻撃を出していたのを、思い出したから。

雷＝ライ。

ハーネに引き続き、安直な名付けでございますが、何か？

誰にともなく言い訳めいたことを考えながら決定キーを押せば、枠の色がグレーから透明なものへと変化する。

すぐに召喚してみようと思ったんだけど……そういえば、ライをテイムしたことを、誰にも伝えていなかった。

あ、近くで見守っていたらしいフェリスさんなら、気付いていたかもしれないな。

でも、今近くにいるクルゥ君やグレイシスさんはまだ知らないから、ライをテイムしたことを伝えてから召喚した方が、驚かせないだろう。

「あ、そういえば僕、昨日幼獣をテイムしたんですよねー」

今思い出しました感を装ってそう言えば、背中に寄り掛かってきていたクルゥ君が驚きの声を上げた。

「えぇっ⁉　テイムって、いつしたのっ⁉　テイム出来る場面なんてあった⁉」

クルゥ君がそう叫びながら急に立ち上がるもんだから、そのまま後ろに倒れそうになってしまった。

「えっとね、クルゥ君が僕と離れて行動した時があったでしょ？　その時にちょっと……」

そう答えると、クルゥ君は地団太《じだんだ》を踏んで「ボクもテイムしたかった！」と悔しがった。

そんなクルゥ君を見上げていると、フェリスさんとグレイシスさんが、興味深そうな顔で近寄ってきた。

「あら、どんな魔獣をテイムしたの？」

フェリスさんが、こてんと首を傾げる。

おそらく彼女は大型魔獣の争いを注視していたのだろう、僕がテイムしたことに気付かなかったらしい。

僕は待ってました！　とライを召喚するために口を開く。

「魔獣召喚──『ライ』！」

魔法陣が稲妻《いなずま》を伴いながら地面に浮かび上がる。

光る不思議な文字と紋様《もんよう》が交差するように動いたと思ったら、一気に中央へと集まり——光が消えた魔法陣の中から、ライが現れた。

しかし、召喚によって出現したライは、血だらけな状態で……その場にパタリと倒れた。

そうだった、回復したとは言ってもまだ瀕死の状態だったんだ。すっかり失念していた。

その場にいた僕やクルゥ君、それにグレイシスさんが慌てて立ち上がる。

「うわぁ〜⁉　ライ、大丈夫かっ！」

《キュー……》

そっと小さな体を持ち上げると、自分の服にライの血が付着するけど構うもんか。

クルゥ君も、血が付くのを厭《いと》わずに「もう大丈夫だよ」と、ライの頭を撫でながら励ましてくれる。

そんな僕達の頭上では、ハーネが心配するかのようにクルクルと飛んでいた。

「グレイシス、効き目が早い回復系の魔法薬はまだある⁉」

「あるわ。ほら、ケント、この魔法薬をすぐに飲ませてあげて」

「ありがとうございます、グレイシスさん」

クルゥ君に促されたグレイシスさんが渡してくれた回復魔法薬を、片腕にライを抱きながら与える。
すると、すぐに傷口が塞がり、苦しそうだった呼吸も安定した。
流石、グレイシスさんが調合した魔法薬だ。
閉じていた目を開けたライは、僕を見ると尻尾をパタパタと振ってくれる。
そんなライの姿を見て、良かったと口を開こうとしたら――
《キュ～》
「そのままじゃ、汚いわね」
グレイシスさんが、腕を組みながら僕達を見下ろしてそう言った。
その視線の先にあるのは、主にライの血に濡れた体であるが。
「浄化魔法だけじゃなくて、ちゃんと体を洗ってきなさい」
グレイシスさんにそう言われたので、僕達は体を洗うために温泉へと行くことにした。

「おぉー！」

「温泉だぁー！」

苔が生える岩を登りながら、グレイシスさんから教えてもらった方向へ歩き続けると、サラサラと水の流れる音が聞こえてきた。

そして、視界が徐々に湯気で見えにくくなってくる。

ようやく岩を登り切った場所から見えたものは――自然が生み出した巨大な露天風呂だった。

すっかり、温かい川で水浴びくらいに思っていたけど、川岸は流れが緩やかになっていて、岩場で出来た温泉のようになっていた。

川辺まで歩いていって川の中を覗くと、底からポコポコと温泉が湧き出している。

温度を確かめるために手を浸せば、少し熱いかな？　というくらいで、露天風呂にはちょうどいい。

対岸の方が湯気が濃いから、もしかしたらあっちの方で熱いお湯が湧き出しているのかもしれないな。

岩陰で服を脱ぎ、腕輪から『ショッピング』で買っておいたシャンプーと石鹸《せっけん》を取り出す。

クルゥ君にも分けてあげながらハーネとライの体を洗い、自分の頭と体も洗う。

皆の体が綺麗になったところで、腰にタオルを巻いてから温泉へ入る。

ハーネは我先にと、川の中へダイブしていた。

ライはビビりながら前足でお湯をチョンチョンと触っていたので、両脇に手を入れて抱き上げて、一緒に入ることにした。

《シュ～♪》

しばらく川の中に潜っていたハーネは、水面に顔を出すと、目をキラキラさせながら僕の元まで泳いでくる。

うんうん、凄く楽しそうだ。

ライに視線を向けてみると、濡れた毛がべったりと体に張り付いているような状態で、少し……いや、かなり貧相な感じになっていた。

でも、僕に抱っこされながら川の中に浸かっている尻尾が左右に動いているところを見ると、風呂嫌いってわけでもなさそうだし、機嫌はいいのだろう。

「はぁ〜……生き返るぅぅっ！」

「外で風呂なんて……最高だね」

「だねぇー」

僕とクルゥ君は、まったりしながら頷き合う。

ただ、温泉の湯気で視界がかなり悪い。

湯気の濃さはまちまちで、酷い所だと、数メートル先も見えにくい状態だった。

もうちょっと視界が良好ならいいのにな〜と思っていると、熱くなってきたのか、ライが僕の腕から離れて犬かきをしながら陸へと泳いでいく。

その後ろ姿を見たハーネが、一緒に行くーっ！　という感じでついていった。

陸の上でじゃれる使役獣達を見ていると、クルゥ君が「そうだ」と声を上げた。

「もうちょっと上流の方へ行かない？」

「上流？」

「うん、そっちの方が川の流れが緩くて、足元も滑りにくくなってるんだって」

「へぇ～、じゃあそうしよっか」

僕は同意してクルゥ君と一緒に立ち上がり、二人で岩の間を歩きながら上流へと向かっていく。

しばらく歩いていると、周りに点在する岩が大きくなり、川の流れが緩やかになってくる。確かにこの辺は歩きやすいな。

ある程度歩いたところで、この辺りでゆっくりしようか、と川の底にある大きめの石に座り、息を吐いた。

顔を上げながら目を閉じ、川の流れる音や、風に揺れて木や草の葉が揺れる音に耳を澄ます。

こんなにリラックスしながらのお風呂も久し振りだ。

そう思いながらまったりしていると、隣に座っているクルゥ君が僕の腕を軽めに叩く。

声も出さずに呼ぶなんて何かあったのかと目を開けると、クルゥ君は顔を正面に向けて何かを凝視していた。

そして、プルプル震えながらそちらへと指を向けるから、何があるんだと僕も視線をやって――

驚きに声を上げかけた。

湯気でハッキリとしたシルエットは見えないが、僕達以外の誰かがこの温泉にいるようだった。

こちらに背を向けて座り、長い髪を両手で後ろへ撫でる姿は――もしかして、女性⁉

――これ、どうしたらいいの？

――えぇ⁉　いや、ボクに言われても……

お互い口には出さずに、アイコンタクトで会話をする。

そして、声や音を出さずにここから立ち去ろう、と二人で頷き合って静かに立ち上がった瞬間、湯けむりの向こう側にいる人物が動く気配があった。

咄嗟に動きを止めて、そちらへと顔を向けると、風が吹いて一瞬だけ湯気の一部が薄くなる。

薄くなった湯気の奥に長い金色の髪が見えた気がしたけど、すぐに白い湯気が濃くなり、見えにくくなる。

ハッキリ見えなくて残念なような……ホッとしたような。

そんなことを二人で思っていると、ザパッ！　という音と共にその人影が立ち上がった。

僕とクルゥ君の肩もビクゥッ！　と上がる。

二人で息を止めながら固まっていると――

「……そこで何をしている」

冷淡な声と共に、僕とクルゥ君の首元に剣が突き付けられた。

ピタッと肌に触れる刃先に、唾を呑み込むのも躊躇《ため》ってしまう。

喉を少しでも動かせば、スパッと切れてしまいそうで怖い。

「あん？　ケルヴィン、お前何やってんだ……って、そこにいるの、クルゥにケントじゃん」

僕とクルゥ君が固まっていると、湯けむりの向こう側にいた人物がバッシャバッシャとお湯をかき分けてこちらへ向かってくる。

そして現れたのは、金髪の女性——ではなく、赤い包帯のような布を頭に巻いているラグラーさんであった。

あれ～？　確かに金髪に見えたんだけど……湯けむりに光が反射して見間違えたんだろうか？

ポカンと口を開けていると、いつの間にか喉元から刃先が離れているのに気付く。

後ろを振り向けば、普段持っているのとは違う剣を鞘に戻しているケルヴィンさんがいた。

普段はピシッと後ろに綺麗に撫で付けている前髪が下りていて、それだけで、いつもと雰囲気がかなり違う。なんというか……結構若く見える。

そんなことを思っていると、ケルヴィンさんが溜息を吐いた。

「まったく、紛らわしい真似をするな」

なんか怒ってるみたいだけど……紛らわしい真似って何だろう？

僕とクルゥ君は首を傾げるが、突っ込んだら怒られそうなので、さすがにそれを聞く気にはなれなかった。

そのまま皆で川から上がり、タオルで体の水分を拭いていく。

ついでに服を川で洗い、魔法で乾かしてから腕を通す。

本当は服も浄化魔法で綺麗に出来るんだけど、食器を洗うような魔法と違い、体や服を綺麗にする魔法は魔力操作技術が必要らしく、フェリスさん以外の人達は不得意なんだそうだ。

だから、フェリスさんがいない時は自分達で手洗いするようにしている。

ちなみに、乾燥は比較的簡単らしいので、クルゥ君が僕達の服を全て乾かしてくれた。

服を着たところで頭の上の定位置にハーネが乗ると、ライが僕の足元にお行儀《ぎょうぎ》よく座りながら、キラキラとした目で見上げてきた。

さっきまでは血で汚れていたり全身濡れていたりしてたから、毛も乾いて綺麗になったライを改めて観察してみる。

まず全体のシルエットについては、フェネックに凄く似ている。

大きな耳と目に、額には小さなクリスタルのような角。

ふわっふわの胸毛と体毛に、太い尻尾は左右にフリフリと揺れている。

抱っこして欲しいのかな？　と思って手を差し伸べると、ぴょんっ、と軽い感じで跳んだライは、

僕の腕をタタタッと駆け上がる。そして左肩で立ち止まって、喉をクルクルと鳴らしながら僕の頬に顔をすり付けてきた。

ライからの「大好き」攻撃に、僕の胸はずっとキュンキュン鳴っている。

あー可愛いっ！

それから凄いバランス感覚で肩の上で方向転換したライは、僕と同じ方向を見るようにしながら肩の上で座る。

頭の上にハーネ、そして左肩にはライを乗せているけど、不思議と重さが全く感じられないので苦ではない。

「ケント……その魔獣はどうしたんだよ？」

僕の肩に乗るライを見たラグラーさんが、不思議そうな顔で聞いてきた。

あぁ、そういえばラグラーさんとケルヴィンさんにはライを使役獣にしたこと、まだ教えてなかったな。

僕は歩きながら、二人にライとの出会いを掻い摘んで説明していたんだけど……角狐はかなりレアな魔獣らしく、それを幼獣とはいえテイム出来たことに、「お前って本当に運のいい奴だよなー」と、ラグラーさんとケルヴィンさんが苦笑していた。

ライってレアな魔獣なんだと思いながら歩いている途中で、そういえばライをテイムした時にタブレットから**【レベルが上がってもこれ以上進化しません】**という表示が出なかったことを思い出す。

ハーネをテイムする前の、岩亀をテイムしようとした時には出てきたんだけど……ということは、ライはレア魔獣でありながら、進化する魔獣でもあるということだ。

後で『使役獣』のアプリを確認しようと思いながら、皆と他愛もない話をしながら歩き続けたのだった。

使役獣、進化する

天然温泉から帰ってきた僕らを出迎えてくれたグレイシスさんとフェリスさんは、僕達——と言うより、僕の左肩に乗っているライを見て驚いていた。

「えぇっ？　これが、さっきの魔獣⁉　か、かわいいぃぃ～！」

「本当ね。しかも角狐の幼獣なんて、成獣よりも更にお目にかかれないのよ。それをテイム出来るなんて……本当に運がいいわね」

「あはは、それはラグラーさんにも言われました」

二人はハーネももちろん可愛いわよーとハーネの頭を撫でてあげてから、ライを撫でようとしたんだけど……

ライは大人しく撫でられたハーネと違って《ギゥー！》と不服そうな声を出し、「ちょっと、勝手に触らないでもらえます？」と言いたげに睨みつけていた。

ハーネは誰にでも愛想《あいそ》がいい一方、ライは僕以外に懐かないようだ。

肩に座るライを横目で見れば、ふんすっ！　と鼻息を荒くしているところだった。

フェリスさん達には申し訳ないけど、そんなライもとても可愛かった。

それからしばらく、皆でまったりしていたんだけど、お腹が空いてきたのでお昼ご飯を作ろうと立ち上がる。

何を食べようかな～と『レシピ』を見ていると、『ぷりっぷりのエビチリ！』の文字が目に入った。

たまにはエビチリもいいなー、ということで、お昼ご飯は決定！

早速本日の料理を作っていきましょう！

エビに似た魔獣があるかと食材持ち運び担当のラグラーさんに問えば、川で数日前に討伐して獲っていたと、いい笑顔で袋から取り出してくれた。

おお、イセエビみたいに立派だ。これは美味しそう。

さすが海鮮系料理がお好きなラグラーさんである。

新鮮な食材《まじゅう》も受け取ったことだし――調理開始！

ケルヴィンさんが作ってくれた竈の近くに折り畳みテーブルを広げ、まな板の上でエビの殻を剥いて背ワタを取り除き、一口大に切る。

ガラスボウルの中に切ったエビを入れ、塩と酒、ニンニクとショウガをすりおろしたものと、片《かた》栗《くり》粉《こ》を加えて揉《も》み込む。

本当は下味をしっかり付けるために、片栗粉を入れる前に少し時間を置いた方がいいらしいんだけど、早く食べたいのでそこは短縮で。

僕の頭の上にいるハーネにとっては見慣れた光景であっても、肩に乗るライは初めて見るので、これから何が出来るのかと興味津々な感じで僕の手元を凝視していた。

そんなライに笑いつつ、フライパンに油を入れて温め、ちゃちゃっと長ネギをみじん切りにして、それを温まったフライパンで炒める。

ある程度火が通ったらエビを入れて炒め、焼き色が付いてきたら『ショッピング』で購入したエビチリソースを加え、ひと煮立ちさせる。

その間に、もう一品何か作ろうかとタブレットを開く。

何にしようかな～と『レシピ』に載っているメニューに目を通していると、『豆腐とトマトのさっぱりサラダ』を見つけた。

うん、美味しそうだ。

腕輪から赤い色と黄色い色のトマトと、キュウリを取り出し、『ショッピング』で豆腐と焼きのりを購入。ちなみに、野菜はもちろんフェリスさんの畑のものだ。

ボウルの中に、水を切って食べやすい大きさにした豆腐、四つ割りにしたトマト、輪切りにしたキュウリを入れる。

それから小さなガラスボウルに、オリーブオイルと砂糖と醤油、酢とおろしニンニク、ブラックペッパーを入れてかき混ぜれば、お手製のサラダドレッシングの出来上がり。

出来上がったドレッシングを、豆腐とトマトにかけてからざっくりと和《あ》え、あとは刻んだ焼きのりをかけるだけ。

ここでエビチリが煮立ったので、鍋に水溶き片栗粉を入れてとろみを出して、お皿に葉野菜を敷いて盛り付けた。

昼食の完成である。

「出来ましたよー」

僕がそう声をかければ、ご飯炊きや、飲み物、食器の準備をしていた皆から歓声が上がる。

本当にいつも嬉しそうな表情なので、作る僕も嬉しい限りです。

「いただきまーす！」

フェリスさんの言葉で食事が始まる。

皆はアッツアツのエビチリをフォークに刺すと、ふーふーと息を吹き掛けてからかぶりつく。

ハフハフいいながら食べ、ご飯をかき込む。

頬を膨らませて食べる皆の顔は、幸せそうだ。

ちなみに、ハーネとライの分は冷ましてから別皿にとってある。

ハーネは慣れたもので、待ってました！　とばかりにガツガツと食べ始めた。

一方でライは警戒するように、エビチリに鼻の先を近付けてクンクンと匂いを嗅いでいた。しかし僕やハーネが食べているのを見て、恐る恐るといった感じでパクリと食べ――カッ！　と目を見開いたと思ったら、ハーネに負けない勢いで食べ始めたのだった。

お口に合ったみたいで良かったです。

そうそう、今回のサラダは特に女性陣から好評だったので、今後もこういうサラダを多めに作ってあげようと思った。


昼食を食べ終えた僕は、その後もダラダラしていた。

魔草も萎れたままであるから、どうやら『眠りの時』はまだまだ続くらしい。

フェリスさんは体を動かしたいからと、一人でダンジョンの中を散歩に出かけていき、ラグラーさんとケルヴィンさんとクルゥ君の三人は、そろそろ少なくなってきた焚き火用の材料を拾いに行った。

グレイシスさんはといえば、お腹がいっぱいで眠いからと、お昼寝中。

僕もラグラーさん達と一緒に行こうと思ったところで、「食事を作ってくれてるから、ここは休んでおけ」とありがたい言葉をいただいたんだけど……

結果、暇を持て余していた。

僕の足元でじゃれているハーネとライを見ながら、そういえばとタブレットを取り出して『使役獣』のアプリを起動する。

レベルを2に上げてからそんなに画面の変化を確認してなかったんだけど、ライの名前を打ち込む時、ハーネとライ、両方の名前の横に『☆《スターマーク》』が表示されていたんだよね。

「あったあった、何だろう？」

画面を見れば、黄色く光る『☆』があり、気になってタップしてみる。

【魔獣を進化させますか？　はい／いいえ】

画面に出てきた文字を見て、キタキタキター！　と心の中でガッツポーズをする。
もちろん、『はい』のボタンを押すしかないでしょ！

【『風葉蛇《かざはへび》』に進化】
【『葉多羽蛇《はたはねへび》』に進化　※これ以降進化しません】

どうやら選択肢があるようだ。
しかしここは迷わず『風葉蛇』をタップする。
進化を打ち止めにする必要はないでしょ。

【『風葉蛇』に進化します。進化完了まで二分お待ちください】

そんな表示が出た瞬間、ハーネの足元に、紫色に光る魔法陣が浮かび上がった。
ハーネはその場でとぐろを巻くと、ゆっくり目を閉じて動きを止める。
その光景を、キョトンとした表情でライが見ていた。

タブレットの画面を確認すると、ハーネが描かれている枠がグレー色に変わり、中央に時計のマークが付く。

枠の下には**【進化終了まで残り一分四十五秒】**とカウントダウンが表示されている。

続けて、ライの名前の横にある『☆』もタップしてみた。

【魔獣を進化させますか？　はい／いいえ】

どうやら、ライも進化出来るみたいなので、そのまま『はい』を押す。

【『一角雷狐《いっかくらいこ》』に進化しますか？】
【『猛銀狐《もうぎんこ》』に進化しますか？　※これ以降進化しません】

そりゃあ、もちろん一角雷狐でしょ！

【『一角雷狐』に進化します。進化完了まで二分お待ちください】

僕が『一角雷狐』をタップすると、ライの足元に、ハーネとは違った魔法陣が浮かび上がった。

ライの場合は、ハーネとは違ってお座りしたまま目を閉じていた。

そんな二匹の姿を見ていると、この次の進化はどんな風になるのか気になってきた。

というわけでもう一度『☆』を押してみたんだけど、**【次の進化には、アプリのレベルが不足しています】**という表示が出てきた。

どうやら、今のアプリレベルでは次の進化は出来ないようだ……まぁ、気長に待ちますか。

進化後の姿はどうなるのかな～と、ハーネとライを見ながら思っていると――

「信じられない……進化途中の魔獣を見られるなんてっ！」

「え？　って……うわぁっ!?」

僕の後ろから、寝ていたはずのグレイシスさんの声が突然聞こえてきた。

しかもその直後、頭の上に柔らか～い物体が乗り上げる。

ほわっ!?

なんだか興奮しているらしいグレイシスさんは、僕の首に両腕を巻き付けるようにして抱きついてきたので、僕はカチンッと固まってしまった。

「ぐ……グレイシスさん、ちょ……当たって、当たってま――」

「ねぇねぇ、ケント！　魔獣の進化なんて激レアよ!?　超絶レアよ!?　下手すりゃ一生に一度見られるかどうかってくらいなのよ！　凄いわっ」

「グエッ⁉　グレイ、シスさん……首がくるしぃ……」

「角狐が進化するなら……猛銀狐かしら？　でも、それよりもランクが高い進化先もあり得るわね。ハーネの種族――葉羽蛇が進化するなら、葉多羽蛇？」

「いや、あの……それよりも、む、胸……胸が……」

「あっ、ハーネの進化が終わるみたい！」

ハーネを指差すグレイシスさんの、柔らかなお胸の感触を頭全体に感じつつ、僕もハーネの方へ視線を向ける。

するとそのタイミングで、ハーネの頭の先から背中の中間くらいまでの鱗が、パリパリッと割れていった。

ハーネはその古い鱗の裂け目からゆっくりと頭を持ち上げて、少し時間をかけて出てきた。

脱皮した時とは全く違い、まず体色が真っ白に変化しているのに驚く。

目元には綺麗な緑色のラインが入っていて、頭の横にあった葉みたいな耳や、背中の羽がなくなっている。

丸かった顔は少し凛々《りり》しい感じになり、パッと見た感じは普通の白蛇みたいだ。

ゆっくりと古い鱗から脱皮し終えたハーネは、体が少し大きくなったように感じる。

「あ、ライも進化が終わりそうよ！」

「え？　あ、ホントですね」

ハーネの体から横に視線を向けると、ちょうどライの進化も終了したらしい。

ライの変化はまず、少し丸みを帯びていた角が、太く鋭くなっていた。

そして胸と尻尾のもふもふが少し増量したように感じる。

あとは尻尾が凄く長くなったけど、ハーネほどの変化はない……と思う。

魔法陣が完全に消えると、ハーネとライは同時に閉じていた目を開ける。

そして――

《あるじー！》

《ごしゅじん》

急に人語を話し出した。

「しゃ、喋った⁉」

驚いて仰け反ったら、グレイシスさんの上半身に自分の体をグッと押し付ける形になってしまった。

しかしグレイシスさんはハーネ達の進化の過程《かてい》を見た興奮が冷めやらぬ感じで、全く気にしていないようであった。

「魔獣が進化する光景を見るのも凄いことだけど、それが二体同時だなんて……ちょっとケント！　何でそんなに平然としていられるわけ⁉」

「え～っと～……いや、うん。ビックリしました……よ？」

自分のビックリポイントはハーネとライが喋ったことだったんだけど……グレイシスさんには聞こえなかったのかな？

もしかして、ハーネ達の声など、タブレットに関することは、僕以外には見えないし、聞こえないのかもしれない。

進化したことについては、自分が進化させたから驚きではないです、なんて言うわけにはいかない。

とりあえず、笑って誤魔化しておいた。

「それにしても、クルゥじゃないけど……こういうのを見たら、私も魔獣をテイムしたくなっちゃうわね」

グレイシスさんはそう言いながら僕から離れると、進化したばかりのハーネとライの近くに寄って、興味津々な目で観察していた。

しばらくそうしていたグレイシスさんだったが、満足したのかお昼寝に戻っていった。

というわけで、僕はハーネとライを連れて散歩に出かける。

一人でダンジョンを歩くと迷子になるかも、なんて一瞬思ったんだけど、『危機察知ナビ』のアプリに、『地点登録機能』なるものが増えていたおかげでその心配は不要になった。

この機能は、最初に出発地点を登録しておけば、どんなに離れた場所に行ったとしても、登録した場所に戻れる移動ルートが表示されるというものだ。

迷子にならずに戻ることが出来るし、一度ナビに登録したら削除しない限り消えることがない、大変便利な機能なのである。

歩いている途中、ナビに暁のメンバー以外の人達が表示されることもあったけど、その人達とは別方向に移動したりして、なるべく蜂合《はちあ》わせすることは避けた。

倒木や木の根を避けつつ歩き続け、ある程度開けた場所に出てから立ち止まる。

「ここならいいかな」

ナビを使って広い範囲を確認してみても、誰もいない。

ここでなら、進化したハーネやライの新たな力を確認出来るだろう。

「ハーネ、ライ、君達に聞きたいことがあるんだけど……もしかして、喋れるようになった？」

僕が恐る恐るといった感じに聞けば、ハーネはきょとんとした顔をする。

蛇にもキョトン顔が出来るみたいだ。

《え～？　はーね、かなりまえから、あるじとおはなししてたよ？》
《いつもどおり》
どうやら、ハーネやライにとっては、いつも通りに喋っているらしい。
急に人語が話せるようになったと言うより、『使役獣』のアプリレベルを上げて進化させたことによって、使役者が魔獣の言語を理解出来るようになった——ということなのかもしれない。
《ねーねー、あるじ！　ここでなにをするの？》
「うん、ここでレベルアップした君達の能力を見せてもらいたいんだ」
ハーネの能力はある程度知ってはいるけど、ライは全くの未知数だ。
《わかったぁー！　じゃあ、はーねからいくねー》
ハーネは僕の頭からスルスルと移動して地面に下り、むんっ！　と踏ん張るように、体に力を入れる。
すると——
ハーネの背中付近の鱗が盛り上がったと思ったら、蝙蝠《こうもり》みたいな翼が出現した。
「えっ、翼が生えた!?」
目を見開いて驚いていると、ハーネは翼を軽く震わせる。
バサッと音を立てつつ、体よりも大きな翼を左右に広げ、回転しながら勢いよく舞い上がっていく。

僕はその姿を、ポカーンと口を開けて見つめていた。

ハーネはある程度上昇してから、そのまま地面へ向かって急降下し――凄いスピードで岩や木の間をすり抜けるようにして飛び回る。

今までだって速い動きをしていたけど……進化によって、より速くなっている気がする。

正直、ここまで速くなるのは予想外だった。

《まだまだ～！》

地面近くから土煙を上げて一気に飛び上がると、翼を広げた状態で空中に静止するハーネ。

そして次の瞬間、ハーネの翼周辺に、緑色の風の塊みたいなものが何個も出現した。

風魔法か何かだろうか？

《とりゃぁー！》

可愛らしい掛け声とは反対に、その攻撃魔法はえげつなかった。

翼を一気に交差するように振り下ろすと、ハーネの元から離れた風の塊は、少し大きめな岩に直撃する。

直撃を食らった岩は、爆発したみたいに粉砕された。

「…………え」

開いた口が塞がらない。

しかも、粉砕された岩をよく見ると、細かい葉が石の断面に突き刺さっていた。

僕が呆然としている一方で、当のハーネは《つぎはどんなのをだそうかな〜》と言いながら、楽しそうに空を泳いでいる。

《つぎ、らいのばん》

ライの声が聞こえてきたので、そちらへと目を向けると、額の角が淡く光った。

ふわふわな長い尻尾をブンッと振れば、ライの全身を青白い雷がパチパチッと覆う。

その雷はライの額へと一気に集まっていく。

《むんっ！》

グッ、と両足で踏ん張りながら、ライが頭を振ると——雲一つない晴れ渡った上空から、すぐ近くの木を目がけて雷が落ちてきた。

ズガァーンッ！　という乾いた音と衝撃に、肌がビリビリと痛む。

咄嗟に顔を庇《かば》うようにしていた腕を下ろし、ゆっくりと目を開ければ、ライの攻撃を受けた木が無残な姿になっているのが見えた。

てっぺんから中間部分まで真っ二つに割れており、その断面は焼けたように黒焦げになって、煙をあげている。

「す……すげぇー」

もう、そんな言葉しか僕の口から出てこなかったです。

粉々に砕け散る岩や、焼け焦げて煙をあげている木を呆気《あっけ》にとられながら見つめている僕に、ハーネが《あるじー、みててー！》と上空で叫ぶ。

「へ？　あ……う、うん。分かった」

今度は何をするんだ？

《らいー、いっくよー！》

《うん》

どうやら、ライと一緒に何かをするみたいだな。

二匹の行動を静かに見守っていると、ハーネが先ほど岩を粉砕した時よりも少し小ぶりな魔法を、自分の顔の前に一つ作り出す。

そしてなんと、それをライに向かって放ったのだ。

あんな岩も軽く砕くような魔法をライに向けて放つなんて⁉

ライを助けるために体が動きそうになるが、当のライが尻尾を左右にふりふりして落ち着いた様子だったので、その場で動かずに見守ろうと決める。

再び額の角に光を纏いながら、近付いてくる風の塊を見つめていたライは、何を思ったのか……

カパリ！　と大きく口を開いた。

いったい何をするのか、ドキドキハラハラしながら見ていたら……なんとライは、ハーネの風の塊を、ゴクンと呑み込んでしまった！

思わずぎょっとした僕の前で、ライは尻尾を一振りすると、額の角を地面へと突き刺す。

一瞬の静寂の後、角が刺さった部分がボコッと盛り上がった。

そして、その山を起点にして、爆《は》ぜるように地面が裂けていった。

同時に、亀裂から雷を纏った風が噴き出す。

「……は？」

ライの正面の地面が、一直線に七メートルくらい、深く割れている。

よく見ると、青白い光を帯びた鋭い葉が、割れ目や周囲の土や石に突き刺さっていた。

地面から角を引き抜いたライや、僕の元に飛んできたハーネの頭を撫でながら褒めつつ、地面に突き刺さる葉に触れてみる。

「いでっ⁉」

しかし葉に指先が触れた瞬間、バチッと静電気に似た――いや、それ以上の刺激が襲いかかってきた。

痛む指先を見れば、赤くなって腫れている。

魔法薬を塗ればすぐに治ったけど、もしもこの攻撃を直接受けていたら……強力な静電気を帯びた葉が体に突き刺さって、しばらく動けなくなりそうだな。

僕の足元でじゃれ合うハーネとライを、僕は腕を組みながら見つめた。

進化した二匹は、僕が思っていた以上に強くなっている。

明るくお喋りなハーネ。

クール系で必要なこと以外はあまり話さないといった感じのライ。

どちらも舌っ足らずな喋り方で、パッと見はとても可愛らしい外見をしているけど、実際は正反対の――とても頼りになる魔獣へと進化したのかもしれない。

これからのダンジョンでの魔獣討伐、凄く楽になりそうな予感がするな～。


それから少しの時間ハーネとライを遊ばせていたんだけど、そろそろ戻ろうかと声をかければ、空を飛んでいたハーネが僕の首に体を巻き付けて頭の上に顎を乗せる。

広げていた翼を畳むと、ゆっくりと体の中に収納されていき、普通の蛇みたいな見た目へと戻っていた。

ライは僕の横にピッタリと寄り添うような形で歩いている。

トテテテテーッと音がしそうな感じで歩く姿は……凄く可愛いっ！

はぁー……癒されるわ～。

ナビのおかげで迷わず元の場所に戻ると、ラグラーさんとケルヴィンさん、それにクルゥ君が戻ってきていた。

昼寝をしていたはずのグレイシスさんは、僕が戻ってくる少し前に起きて、もう一回温泉に行ってくると言って出かけたらしい。

なので、ここには男性陣のみが暇を持て余している状態であった。

ラグラーさんはちょうどいい大きさの岩に腰掛けながら、小さな瓶に入ったお酒をチビチビ飲み、ケルヴィンさんは地面に座りながら武器のお手入れを黙々としていた。

そんなケルヴィンさんの背中にもたれかかりながら、クルゥ君は本を読んでいる。

「ただいまー」と言いながら皆の元に歩いていくと、「お帰りー」と皆が声を返してくれた。

適当な場所に座った僕の膝の上に、ライがぴょんっと乗っかってきて丸くなった。

ライの体に手を乗せると、ふわっふわな毛に手が埋もれる。

もふもふ～！

あぁ、ポイントが残っていたら『ショッピング』でブラシを買って、毛繕い出来たのにな～。

『デイリーボーナス』でポイントを貰ってはいるけど、今は貯めておきたいし。

と、そこでハッとする。

ブラシって……もしかしたら今のアプリレベルだと、買えないかもしれないんじゃ……

『ショッピング』で買える商品には、金額の上限があるのだ。

いつもはそんなに高価じゃない食品ばっかり買ってたから、すっかり忘れてたよ。

慌てて『ショッピング』を開いて確認してみれば、やはり今のレベルではまともなブラシは買えないようだった。

どうせ買うなら、ちょっと高くても品質がいいものが欲しいもんな。

よし、お金を貯めたら真っ先に『ショッピング』のレベルを上げて、ブラシを買おう！

そう心に決めていると、頭の上に顎を乗せて寛いでいたハーネが降りてきて、ライのふわふわ尻尾に顔を埋める。

《おぉ〜！　ふわふわだよ、あるじー！》

目をキラキラさせながら僕を見上げるハーネも、可愛いぞ！

帰還

それから更に一日が経ったけど……まだ『眠りの時』は続いていた。

僕は倒木を椅子代わりにして座って今後のことを考えていた。

ちなみに隣では、体を丸めるライと、そのモフモフな毛に埋もれたハーネが眠っている。

『情報』のアプリでハーネのステータスを確認したら、表示されている全ての数字が以前見た時よりも驚くほど高くなっていた。

ライも確認したらハーネと同じような数字だったけど、攻撃力だけはライの方がかなり高かったんだよね。

ハーネとライがいれば、僕自身の戦闘力をこれ以上必死になって上げる必要はないかもしれない。二匹がいない状況で、僕一人で、それなりに強い魔獣がいるダンジョンに行く、なんてことはないはずだし。

であれば今は、タブレットのアプリレベルを上げるのに必要なポイントだったり、魔法薬を作るために必要な魔力を上げたりした方がいいかもしれないな。

今後の『デイリーボーナス』では、しばらくはポイントや魔力を多めに取っていこう。

そんなことを、ライを撫でながら考えていると——

「ん？　ライ、どうした？」

僕に撫でられて気持ち良さそうに目を細めていたライが、何かに気付いたように目を開けた。

片耳をピピピッと動かしながら伏せていた顔を上げ、ある一定方向を見つめている。

ライのお腹の毛に顔を埋めて寝ていたハーネも同じく目を開けて顔を上げ、ライと同じ方向を見つめる。

ライは猫のようにグーッと伸びをしてから、トテトテと近くにある岩場へと歩いていく。

何を見つけたんだ？　と思いながら立ち上がれば、ライの体から落ちたハーネがノロノロと僕の体に巻き付いて、頭の上にポスッと顎を乗せてまったりとくつろぐ。

自分で移動する気は皆無《かいむ》なんですね。

眠そうな様子のハーネを頭に乗せながら、ライの元へ向かう。

「ライ？　何をしているの？」

《ごしゅじん、『けながばち』》

「けなが……ばち？」

『けながばち』って何？　と首を傾げたところで、ライが前足で何かを踏み付けているのに気が付いた。

しゃがみ込み、踏み付けている『何か』を見てみる。

それは、ハムスターほどの大きさで、お尻に黄色いもこもこの毛を生やしているのが特徴的な、ミツバチに似た蜂だった。押さえ付けられ、じたばたと暴れている。

あ……もしかして『毛長蜂』ってこと？

でも、ここに毛長蜂がいるってことは――

視線を辺りに向けてみれば、萎れていた魔草が、徐々に瑞々《みずみず》しさを戻しつつあった。

どうやら『眠りの時』は終了らしい。

これからまた忙しくなりそうだと思いながら、僕はライにそのまま動かないでいてもらう。

「ライ、毛長蜂ってどういった魔獣か知ってる？」

《うん、しってる》

《はーねも！　はーねもしってるよ、あるじ！　んとね、んとね～》

僕が毛長蜂について問えば、ライとハーネが色々と教えてくれた。

要約すると、こうだった。

・毛長蜂は魔獣の中では最弱種であるが、その群れ――蜂群《ほうぐん》はどの魔獣種よりも巨大で組織化されている。
・『女王』が群れの頂点に君臨し、支配している。
・普通の植物や魔草、魔石など、色々な魔法薬の原料を集め、巣の中に貯める性質を持っている。
・力が強い『女王』は自分の蜂群以外の毛長蜂を従わせることも出来る。

二匹の話を聞き終えた僕は頷く。

「魔法薬の原料を集められるって、凄いな」

一匹なら、魔法薬の原料を集めるにしても時間がかかるだろうけど、数が多ければ、短期間でいろんなものが手に入るかもしれない。

それに、今までとはちょっと変わった魔獣を手に入れるのも面白そうだ。

ということで、この毛長蜂をテイムしちゃいましょう！

「ライ、その毛長蜂をテイム出来るかどうか試してみたいから、手をずらしてくれる？」

《はい》

ライは毛長蜂が飛ばないように、前足をずらす。

すると予想外なことに、二匹の毛長蜂が現れた。一匹だと思ってたからびっくりだ。

二匹とも、放せー！　と言いたげにモッチリした黄色いお尻をふりふりと振っている。

「空いてるスペースはまだあるし……二匹テイム出来るなら、してもいいかな」

僕は後方に視線を向け、誰も僕達を見ていないことを確認してから『使役獣』のアプリを開き、空枠をタップ。


【『毛長蜂』をテイムしますか？　はい／いいえ】


よっしゃ！

最弱種だから大丈夫だろうと思ってたけど、無事にテイム出来そうだ。

ライに体を押さえ付けられた毛長蜂を見ながら、『はい』を押す。

すると、魔法陣が毛長蜂の元に浮かぶのと同時に、二つの枠の中に毛長蜂の画像が出た。

どうやらこの魔獣も進化出来るみたいだな。

ラッキーと思いながら、まずは名前をどうするかと悩む。

今までのハーネとライの場合……

あ、羽がある↓『ハーネ』にしよう。

雷系の攻撃が出せるのか↓『ライ』にしよう。

てな感じで安直に決めてきたので、今回からもうちょっと違う感じでいこうかな。

僕は悩んだ末に決めた名前をキーボードに打ち込み、決定キーを押す。

「魔獣召喚――『レーヌ』『エクエス』！」

それぞれ、フランス語とかラテン語とかで『女王』とか『騎士』の意味だったと思う。昔何かの漫画で呼んだんだよね。

召喚陣から出てきた二匹は、羽を動かしてモッチリした体を浮き上がらせると、僕の元まで飛んでくる。

お尻のもふもふした毛は綿毛みたいで可愛いが、ニョキッと伸びる針は鋭く、刺されたら痛そうだな。

『使役獣』のアプリ内にあるレーヌとエクエスを囲う枠の下に、『☆』があったのでそれを押す。

どんな進化先なのか気になる。


【魔獣を進化させますか？　はい／いいえ】

【『毛長蜂　女王候補』に進化】

【『育児・偵察係』に進化　※これ以降進化しません】

【魔獣を進化させますか？　はい／いいえ】

【『毛長蜂　準騎士』に進化】

【『兵士・調達係』に進化　※これ以降進化しません】


この二匹の場合、ハーネやライみたいに種族が変わるわけじゃないようだ。

どちらかと言えば、種族内の階級が上がる感じだろうか？

さすがに、ここでレーヌとエクエスまで進化しちゃえば不審がられるかもしれない。

テイムしたのを皆に知らせるのも進化させるのも、ダンジョンから出て、しばらくしてからでもいいかもしれないな。

なので、レーヌとエクエスには一旦アプリ内に戻ってもらうことにした。


ライとハーネと共にテントの方へ戻ると、いつの間にかフェリスさん達が帰ってきていた。

戻ってきた僕を確認したフェリスさんは、『眠りの時』が終わったのを確認したと言う。

「さっ、これから魔獣討伐を再開するわよ～。ジャンジャン稼ぎましょ！」

長い髪を靡《なび》かせて、元気よくそう言うフェリスさんの笑顔は、一段と輝いていた。

今までは、僕とクルゥ君の二人でダンジョンを回ってたけど——まぁ、厳密には二人きりじゃなかったんだけど、今回からは皆で回ることになった。

皆で討伐作業をして思ったことは、やっぱり、フェリスさん達と行動を共にするのは、精神的に凄く楽だということ。

圧倒的安心感――本当にその一言につきる。

どんなに強い魔獣に遭遇したとしても、全く表情を変えずに屠《ほふ》るフェリスさんとケルヴィンさんがいるし、怪我をしたらすぐに治してくれるグレイシスさんが側に控えている。

僕達が怯《ひる》んでいると、的確な指示を出しながら助けてくれるラグラーさんだっている。

しかも、今は進化して強くなったハーネやライが付いていているのだ。

怖いものなんて一つもない。

僕とクルゥ君は水を得た魚のように、生き生きと動き回ることが出来たのであった。

そして、時が経つのは本当にあっという間で――討伐作業を再開してから数日が経った頃。

グロンドガードと呼ばれる、四本の角を持つ闘牛に似た巨大な魔獣の群れを討伐し終えて、一息ついていた時、フェリスさんの元に小さな鳥が飛んできた。

頭に大きなリボンを付け、奇抜な体色をしたインコのようなその鳥は、僕達の頭上をクルクルと旋回《せんかい》した後、手を出したフェリスさんの手の平の上に止まる。

フェリスさんが鳥の頭に付いているリボンを解くと、ポンッと音を立てて鳥が一枚の紙へと変化した。

えっ⁉　どういうこと⁉

「アレは魔法で作られた、連絡鳥というアイテムだな」

驚いている僕に、魔獣を食料用とギルドに提出する用に仕分けていたケルヴィンさんが教えてくれる。

そして、連絡鳥――紙に書かれている内容を真剣な表情で読んでいたフェリスさんは、次第にニンマリと笑みを浮かべた。

「皆、ギルドからの連絡よ。『ダンジョンで討伐作業を三週間続けていただいたので、特別手当が支給されます』って書いてあるわ」

フェリスさんはそう言って、手紙をこちらに向け、内容を見せてくれる。

その言葉に、ラグラーさんとグレイシスさんが顔を輝かせる。

「マジで⁉」

「じゃあ――」

期待の眼差しを向けられたフェリスさんは、ウムッ、と大きく頷く。

「このグロンドガードの討伐で、ギルドの依頼は終了――帰還するわ！」

皆の口から歓声が上がる。

ようやく家に帰れる！　ゆっくり風呂に入って、温かい布団でぐっすり眠れる！

「それじゃあ、帰還召喚陣を発動させるから、皆、帰る準備をして」

フェリスさんは手に持っていた紙を筒状に丸めると、さっき解いたリボンを巻き付けてから、地面に置く。

そして、手を翳して詠唱を始めた。

すると地面に置いていている紙が浮かび上がり、それを中心にして風が巻き起こる。

「我、帰還を望みし者——開け、永久《とわ》の路《みち》へと続く門よ」

フェリスさんが詠唱を終えると、丸められていた紙が開き、魔法陣がその場に展開される。

小さかった魔法陣は次第に光量を増やし——

僕達の目の前には、ダンジョンに来る時に入った『無限扉』の、かなり小さいバージョンの扉が出現していた。

「皆、帰る準備はいい？」

荷物は元々腕輪の中に収納しているし、討伐した魔獣の処理も終えて、それも専用の袋に収納済みだ。

フェリスさんの言葉に、僕達は大丈夫だと頷く。

「それじゃあ、帰るわよ」

『無限扉』の中に消えていくフェリスさんに続いて、僕達も順に扉の中へ足を踏み入れた。

こうして、色々な出来事があった三週間の魔獣討伐は、終わりを迎えたのだった。

新しい魔獣の進化

ギルドで手続きをした後、家に帰ってきてから今回の報酬の話や今後の暁としての仕事の流れを軽く話し合って、解散となった。

「ようやく帰ってこれた～！　ベッドで眠れるー」

そして、久し振りに自分の部屋に戻って出た言葉が、これである。

帰ってきた時間は昼食を食べた後だったので、夕食の準備まではしばらく時間がある。僕は自室でまったりすることにした。

靴も脱がずにベッドの上に仰向《あおむ》けで倒れて、「うあ～」と意味のない言葉を口から出していると、ポスポスと興味津々な様子で布団の上を歩いていたライに、小さなお手々で頭をテシテシと叩かれる。

《ごしゅじん》

「ん～？　ライ、どうした？」

《あたらしいまじゅう……》

「……あっ、そうだった！」

僕は大の字になって寝ていた体勢から顔を上げて起き上がり、いそいそとタブレットを開く。

ハーネとライは僕の正面にお行儀よく座りなおした。

そんな二匹の熱い視線を受けながら、ベッドの上で胡坐《あぐら》をかいて『使役獣』のアプリを起動する。

後ろから見たらハムスターのような見た目の二匹を、早速召喚することにした。

「魔獣召喚――『レーヌ』『エクエス』！」

ベッドの上に召喚魔法陣が浮かび上がり、すぐにレーヌとエクエスが現れた。

ミツバチに似ているけど、お尻の部分の毛がもふもふで撫でたくなってくる。

手を差し伸べれば、レーヌが羽を動かして飛び、僕の手の平の上にちょこんと乗った。

「うわぁ～、可愛いな」

僕が指先でレーヌのふわふわな毛を撫でると、ブーンッ、と羽を振るわせた。

《あるじ～》

「え？　あ……ハーネ、どうかした？」

《んとね？　レーヌが『くすぐったい～！』って、いってるよ？》
「わわっ、それはごめんね!?　すごい触り心地のいい毛並みだったから……つい」
布団の上にそっとレーヌを下ろして謝っていると、くるりと体を後ろに向けたライが、長い尻尾を上下に揺らしながら顔だけ僕の方に向けて――
《……ごしゅじん、『もふもふ』したいなら、らいをなでるといい》
ほらほら、撫でていいんだよ～っと言うように尻尾をフリフリ揺らすライを見て、キュン死にしそうになった僕であった。

心置きなくライのもふもふな毛をモフらせていただいてから、気を取り直して『使役獣』のアプリを再度開く。

まず、家に帰ってきたらやろうと思っていた二匹の進化をしちゃおう。

進化するための『☆』を押す。


【魔獣を進化させますか？　はい／いいえ】

【『毛長蜂　女王候補』に進化】

【『育児・偵察係』に進化　※これ以降進化しません】

【魔獣を進化させますか？　はい／いいえ】

【『毛長蜂　準騎士』に進化】

【『兵士・調達係』に進化　※これ以降進化しません】

ダンジョンにいる時にも見たけど、レーヌとエクエスの場合は、ハーネ達のように種族が変わるんじゃなくて、階級が変わるみたいだな。

ただ、『女王候補』と『準騎士』ということは、次に進化する時は……どうなるんだろう？

これまでの進化先はだいたい二種類選べた。

もしかしたら、次に進化する時は、毛長蜂よりも強い種族へと進化出来るとか？

なかなか面白い魔獣をゲット出来たな～と思いながら、進化ボタンを押す。

選択肢はもちろん、女王候補と準騎士だ！

進化先をタップすれば、以前も見た文字が出てくる。

【『毛長蜂　女王候補』に進化します。進化完了まで二分お待ちください】

【『毛長蜂　準騎士』に進化します。進化完了まで二分お待ちください】

待っている間、今日の夕食は何にしようかと『レシピ』を見ていたんだけど、メニューを決める前に進化は終了し、女王候補と準騎士に進化した二匹が僕の前まで飛んできた。

二匹の姿は、もふっとしたハムスターっぽい姿から、少しスリムになったように感じる。

女王候補になったレーヌは蜂蜜色だった毛が純白に変わり、お尻じゃなくて首周りにふわふわな毛が付いていた。

小さな触覚は変わらないが、ちょこんと出ていた針はなくなっていて、背中の羽は透明で丸い四枚羽となっている。

準騎士のエクエスは、よりミツバチっぽい見た目へと変化していた。

羽は体よりも大きな二枚羽で速く飛べそうだし、お尻から出ている針も少し大きくなっている。

『騎士』と言うだけあって、攻撃力も上がっていそうである。

といってもまぁ、ハーネとライがいるから、戦闘要員とまではいかないだろうな。

そんなことを考えていると、ベッドの上で丸くなって欠伸をしていたハーネが声をかけてきた。

《あるじー》

「ん~？　どうした、ハーネ？」

《れーぬが、『す』がほしいっていってるよ~》

「……え、酢？」

何で酢？　と首を傾げていると、《なかまをふやすのに、おうちがひつようなんだって〜》と続く説明に「あ、『巣』ね」と納得した。

ってていうか、進化したのにレーヌの言葉が分からないのに驚いた。

進化したとしても、元々の種族のランクが低いと意思の疎通が出来ないのかもしれない。

今後、いろんな魔獣をテイムして、進化してみると分かるかもしれないな。

そう考えながら、レーヌにどんな形の巣があればいいのか確認すると、日当たりと風通しがいい場所に少し大きめな四角い箱が欲しいらしい。

それならすぐに出来そうだと思った僕は、まずは暁の皆にレーヌとエクエスを紹介しにいく。

そうして顔合わせが済んだところで、巣を探すべく外に出たのであった。

外に出ると、レーヌとエクエスが空へと飛び上がり、家の周辺をグルグル回る。

そんな二匹の後をハーネが面白そうについて回っていた。

レーヌ達は屋根の上や家の壁、いろんな場所に何度も立ち寄りながら飛び回っている。

僕はやることがないので、待っている間、足にくっつけるようにしてお座りをしているライの頭を撫でていた。

しばらくすると、僕に頭を撫でられて耳を倒しながら気持ちよさそうにしていたライが、ぴょこんっと耳を立てる。

《――ごしゅじん、れーぬが「いえ」に出来そうなばしょをみつけたって》

「お？　見つけたんだ。どこかな～？」

頭を撫でるのをやめると、ライは立ち上がってレーヌ達の所まで案内してくれる。

どこに決めたのかな～と思いながら歩いていると、家の裏側に着いた。

《あ、あるじ～！》

蝙蝠の羽のような翼をパタパタ動かしながら、僕の姿を見たハーネが嬉しそうに飛んでくる。

そしてそのまま、僕の左腕にクルクルと器用に巻き付き、顎を肩の上にポスンと乗せてきた。

指定席でまったりし始めたハーネの頭を撫でながら、レーヌとエクエスはどこにいるのかな？と視線を彷徨《さまよ》わせていると――裏庭にある大きな物置の上にいるのを発見。

《んとね、んとね？　えくえすが、「ここ、すごくあんぜん」っていってるの》

物置の上で8の字を描いて飛行しているエクエスを見ながら、そう教えてくれるハーネ。

シンプルな直方体の物置の中には、普段家の中では使わない道具であったり、武器や防具、それらを調整する道具など、色々なものが置いてある。

普段はフェリスさんが強力な結界のようなものを施しているので、誰かが物置の中にある物を盗もうとしても、簡単には盗めない。しかも無理にこじ開けようとすれば反撃魔法が作動する仕組みになっているんだって。

まぁ、僕達が住んでいる場所は町中から離れた場所にあるし、家の見た目もボロッちいから、盗みに入る人間はめったにいないと思うけど……そんな結界があるから、レーヌ達は『安全』だと思ったんだろうな。

だけど……

「う〜ん。その物置は僕個人のものじゃないし、皆が使っているものだから、そこはちょっと無理かな」

僕がそう言えば、レーヌとエクエスが羽とお尻をショボンと下げる。全身で「ショックです」と表現していた。

そんな彼らを見ながら苦笑しつつ、解決策を思い付いた僕は、とある人物を呼ぶことにした。

「で？　ここに物置を作ればいいのか？」

トンカチを手に持ち、釘《くぎ》を口に咥えたラグラーさんが、物置の横に木の板を並べながら尋ねてくる。

そう、僕が呼んできたとある人物とは、見た目はチャラいけど頼れる兄貴、ラグラーさんである。

僕は「お願いしまーす！」と元気よく返事をした。

なんといっても、レーヌとエクエスが巣にしたいと言っていたあの物置の製作者は、ラグラーさんなのだ！

さっきレーヌ達のことを紹介した時にも、ラグラーさんは部屋で何か工作をしていた。そこで事情を説明したら、快く製作すると言ってくれたのでお願いしたのだ。

製作費はお金ではなく、二日連続でラグラーさんが好物の食事を作る——といったものであったから、それで取引完了。

ＤＩＹが得意なラグラーさんは、瞬《また》く間に物置を作り終えてしまった。

高さは二メートルくらい、面積は一畳くらいだろうか。隣の物置と違って三角の屋根までついてるし、かなりしっかりしている。

レーヌ達専用の入口以外にも、僕が通れる入口まで作ってくれていた。

ラグラーさんはそんな新しい物置を元々ある物置の横にピッタリとくっつけて、呪文を唱える。

何をしているのか不思議に思いながらそれを眺めていると、元々ある物置が淡く光り出した。

そしてその光は、ゆらりと揺らめいたと思ったら、隣に新設された物置を一緒に包み込んでいく。

「よーし、こんなもんでいいだろう」

物置を包んでいた光が消えると、呪文を唱え終えたラグラーさんが腰に手を当てた。

「一応、気温調節魔法とか耐久魔法とか、隣の物置にかかってる魔法の対象範囲を新しい物置の方にも伸ばしておいたから、安全面は心配はないと思うぞ」

「わぁ、色々とありがとうございます、ラグラーさん」

「こんなもん、どうってことねーよ。んじゃ、今日の夕食からよろしくな～！」

そう言って手を振りながら家の中に入っていくラグラーさんを見送った後、新しく出来上がった物置――改めレーヌとエクエスの新居となる巣へと目を向ける。

扉を開けて中を見れば、当然だが、何もない空間が広がっている。

これから、レーヌとエクエスが自分達好みな空間に作っていくらしい。

《ごしゅじん、れーぬが、すづくりにはすこしじかんがかかるといってる》

物置の中に入って嬉しそうに飛び回っていたレーヌが、僕の目の前で羽を動かしながら静止したと思ったら、ライがレーヌの言葉を伝えてくれた。

「そっか。それじゃあ、ある程度落ち着いたら僕のところに来てくれる？　その時にまたここに様子を見に来るから」

《わかったって、いってる》

僕の元から離れ、エクエスと一緒に部屋の中央で何か話し合っている風な二匹を見てから、僕は外へ出ることにした。

やっぱりタブレットTUEEEEみたいです

いったい、どんな巣が出来上がるのかな～と思いながら家の中に入ると、お風呂上がりのグレイシスさんと出会った。

肌がほんのりとピンク色になっており、物憂《ものう》げな表情で濡れた髪をタオルで拭く色っぽい姿に、僕の心臓はバクバクと早鐘《はやがね》を打つ。

うおぉぉ、目の毒である！

「あら、ケント……ここにいたの？　さっきフェリスが、部屋に行っても返事がないから寝てるのかしら……って言いながら自分の部屋に戻ってたわよ」

「え、フェリスさんが僕の部屋に？」

何か緊急の用事でも出来たんだろうか？　と思っていると、髪を拭き終えたグレイシスさんが、「報酬の話じゃない？」と教えてくれた。

「フェリスが持ってるギルドカードに、暁としての討伐報酬が早速ギルドから振り込まれたみたいなのよ。私は、さっきフェリスに用事があって部屋に行った時に報酬を受け取ったわ。あと受け取ってないのはケルヴィンとケントだけって言っていたから、取りに行ってらっしゃい」

「分かりました、それじゃあフェリスさんの部屋に行ってみます」

「いってらっしゃ〜い」

ソファーに座って足を組み、手をひらひらと振るグレイシスさんに見送られ、僕はハーネとライを連れてフェリスさんの部屋へと向かった。

ドアをコンコンとノックすると、すぐに返事がある。

よかった、中にいたようだ。

ドアを開けてフェリスさんの部屋に入れば、僕の姿を見たフェリスさんが「あ、ケント君！」と笑顔で迎えてくれた。

「来てくれてよかった。今回の討伐の報酬が振り込まれたから、ケント君の分を渡そうと思っていたの」

「すみません、今グレイシスさんに会って、僕の部屋まで来てくれたって聞いて……」

「あぁ、全然気にしないで」

フェリスさんは笑いながら手を振ると、机の上に置いていた一枚のカードを僕に手渡した。

「はい、今回の討伐報酬です。お疲れ様でした」

ぺこりと頭を下げるフェリスさんに、慌てて僕も頭を下げながらカードを両手で受け取る。

このカードは、いつもパーティの報酬として渡されるもので、このカードを自分のギルドカードに翳すことで、中に入った金額が自分の口座に移るのだ。

今回はどれくらい入ってるのかな〜とわくわくしながら思っていると、椅子に座ったフェリスさんが口を開く。

「今回は、色々頑張ったね。危険な場面もあったとは思うけど……ケント君、すごく成長したね」

「え？」

「家事炊事はもちろんのこと、今のケント君は戦力としても、暁になくてはならない存在よ」

「フェリスさん……はい、ありがとうございます。これからも頑張りますっ！」

「うん、よろしくね」

フェリスさんの部屋を出てドアを閉めると、僕の肩に顔を乗せていたハーネに《あるじ、すっごくニコニコしてるー》と言われてしまった。

パッと口元を手で覆うと、確かに口の端が上がっている。

うん、僕は……認められたことが嬉しい。

本当に微々たるものだろうけど、この世界に来てから初めて、戦闘で役に立てたんだ！

僕にとって、大きな自信になる。

鼻歌を歌いながら自分の部屋へ戻り、カードの中の報酬を確認することにした。

「さってと、いくら入ってるかな～？　一、十、百、千、万、十万……ひゃ……ん？」

カードに記入されているゼロを数えながら、いつもよりも数字が多いことに気付く。

間違っていないかと何度も確認するけど、何度見ても数字は変わらず……

「な……七百、三十万……レン」

なんと、カードには今まで見たこともないような金額が記載されていた。

自分のギルドカードに渡されたカードを恐る恐る翳すと、ピロンッと音が鳴って僕のカードへと金額が全て——七百万レン以上の大金が即座に振り込まれる。

慌ててフェリスさんから渡されたカードを見れば、端の方に『詳細』と書いてあった。

そこに触れると、カードが一枚の紙に変化する。

A2サイズほどの大きな紙を手に取り、中を確認していくと——

「な、なんだこれ……」

そこには、今回の依頼で討伐した魔獣の数とその討伐金額がズラーッと並んでいた。

かなり大きな紙なのに、紙の表面は文字で真っ黒。

それほどの魔獣を討伐したということなんだろうけど……中には一匹で恐ろしい金額の魔獣がいたりする。

僕とクルゥ君が一緒に行動している間、別行動していた大人組で危険な魔獣を倒していたのだろうな。

もちろん、全員平等に報酬金が分けられているわけじゃないけど、単体の報酬で言ったら、あのシーサーに似た魔獣が一番高額だった。倒したのはカセルシュさん達だけど、戦った僕にも報酬が入っているようだ。

ちなみに、三週間連続でダンジョンに潜っていた特別報酬は『一人につき百万レン』と紙の一番下に書かれていた。

三週間で百万レン……そりゃあ、フェリスさんが何がなんでも帰りませんと言うのも分かる。命の保証はないけど。

でも……

「フェリスさんやラグラーさん、それにケルヴィンさんだって、魔獣討伐の様子を見ていたら絶対Aランク以上の実力を持ってるはずなのに……何でBランクのままでいるんだろう?」

何か事情でもあるんだろうか?

紙を見ながら考えても、理由なんて分かるわけがないので、今度ラグラーさんあたりに聞いてみよう。

そう決めた僕は、タブレットを取り出す。

「ふふふふ……今回の報酬でポイントがたんまりと貯まったからな。今まで上げられなかったアプリのレベルを上げるとしよう」

ベッドの上に上がり、胡坐《あぐら》をかきながら画面を開いて『ショッピング』のアプリを開く。

そう、今まで色々とお世話になっているアプリであるが、『レシピ』と一緒でまだLv1なのである。

今回は、この二つのレベルを上げようと思う。

【Lvを上げますか？　はい／いいえ】

『はい』をタップ。

今まで以上にポイントがあるから、このまま一気にLv3まで上げることにした。

『ショッピング』と『レシピ』のアプリレベルを2と3に同時に上げたら、合計三百万ポイントちょっとが消えた……けど、まだ手持ちには四百万レン残っている。

ここ最近、お金の感覚がマヒしてきている気がするけど、ゲームのガチャのための課金とかじゃなくて、生活のため、生きるために必要なんだからしょうがないよね？　と自分に言い聞かせている。

そんなことを考えながら、『ショッピング』を、早速開いてみた。

【※レベル3の場合、地球上で五万円（税はかかりません）までの商品を購入出来ます】

【New！　こちらの世界の商品も、購入可能になりました】

【※レベル3の場合、こちらの世界で十万レンまでの商品を購入出来ます】


おぉ！　めっちゃ使える金額が増えてるんだけど！

てか、まさかこっちの世界の物も購入出来るようになるとは思ってもみなかったので、すごい嬉しいぞ。

これで、今回の討伐みたいに何日もダンジョンに潜っていても、足りなくなったものを買うことが出来るわけだ。

しかも、地球での買い物より高い金額の物が買えるし。

次に『レシピ』を見れば、作れるメニューが倍以上になっていた。

この中のメニューを毎日朝昼晩作っても、何年かかるか分からないな……

しかも、一部のレシピに付随していた魔力抑制とか防御力アップとかの効果と持続時間が、かなり強力になっていた。

「うわ～、なんかレベルが上がれば上がるだけ、凄いアプリになっていくんだなー……」

『ショッピング』や『レシピ』でこうなのだ。

これが、『魔法薬の調合』だったり『傀儡師』だったり『使役獣』だったり、今後出てくるかもしれないアプリだったりのレベルをカンストさせたら――

僕の肩の上でまったりくつろいでいるハーネや、胡坐《あぐら》をかいている足の中で丸まって寝ているライを見る。

『使役獣』のレベルを上げれば、皆も進化していくだろう。最終進化した姿とか、どれほどの強さになることか――想像出来ないな。

「まぁ、まずはこんなもんかな。他のアプリもLv３以上には出来ないみたいだから、アプリに関しては一旦ここまでにしておこう」

タブレットを腕輪に変えてから腕を上げて、う～んっ！　と伸びをして立ち上がる。

《……ごしゅじん、どこに？》

「うん、そろそろ夕食の準備をしようかと思ってね……まだ寝っててもいいよ？」

眠たそうな表情のライにそう言うが、《ううん、いっしょにいく》と言って、欠伸をしてから立ち上がる。

「ライは、食べ物で好き嫌いとかあるの？」

《どくけいのまじゅうは、くちのなかがビリビリーってするから、にがて》

「……うん、そんなお肉は使わないと思うから大丈夫だよ」

《はーね、あるじがつくったたべもの、ぜんぶすきー！》
「それはありがとう」
そんな会話をしつつ、僕達は部屋を出て一階へと下りて行ったのであった。

さてさて、本日の夕食を作ることにしましょうか。

なんと言っても、レベルが３になった『レシピ』である。

付随効果以外にも、美味しさが今までとどう違うのか楽しみだ。

「さてと、何を作ろっかな～」

『レシピ』の中にあるメニューを眺めながら、何がいいだろうかと悩む。

メニューが多過ぎて、どれを選んだらいいか分からないレベルなんだよね。

まあ、今日はラグラーさんの好物を、ということなので、検索欄に「海鮮レシピ」と打ち込むと、海鮮系のメニューがズラーッと表示された。

「お～、いいね！」

僕はその中から『シーフードパエリア』と『ゴロゴロ野菜とベーコンのポトフ』を作ることにした。

早速レシピを確認して、『ショッピング』で購入していく。

「アサリと鶏《とり》がらスープ、サフラン、無洗米、それにブロックベーコンとオリーブオイルと白ワインは『ショッピング』で購入して、その他はあるやつで作ろうっと」

『ショッピング』で購入したものをキッチンのワークトップに並べ、残りの材料も冷蔵庫の中から取り出して並べる。

まずはアサリの砂抜きから始めるか。

普通なら時間が掛かる作業だが、こちらの世界には貝類専用の「砂抜き・毒抜きの粉」というものがある。

粉を溶かした水の中に貝類を入れると、一分もしないうちに砂や毒などがドバーッと出てくるのだ。新しい水に取り換えて五回くらい繰り返せば砂抜きが完了するという、とても便利な品物である。

というわけで、あっという間に砂抜きは終了。

続いて、野菜なんかの他の具材をカットしていく。

今回、アサリ以外のシーフードは、魔獣討伐の時に仕入れたエビに似たものを使用する。

「え〜っと、確かこの中の奥の方に、平べったい大きなフライパンがあったのを見たような〜」

収納スペースの奥の方をゴソゴソと捜していると、捜し物はすぐに見つかった。

パエリア用ではないけど、いつも使っているフライパンよりも大きなやつが二つあったので、コンロの上に置く。

フライパンに火を点けたら、オリーブオイルと包丁の腹で潰したニンニクを入れて炒め、香りが出てきたところで一度取り出す。

そこにアサリやエビなど海鮮系の具材を入れ、塩胡椒と白ワインを振りかけてサッと炒めてから取り出し、カットしたパプリカに似た野菜も炒めて、一旦皿にとっておいた。

《ふわぁ〜、おいしそうなにおい！》

《ごしゅじん、もうたべれる？》

「あはは、これからもっと美味そうな匂いになるし、さらに美味しくなるものを入れるから、もうちょっと待っててくれよ」

ハーネとライの言葉に笑いつつ、手を動かし続ける。

オリーブオイルを足したフライパンにみじん切りのタマネギを入れ、しんなりしてきたところに細かく切ったトマトを加えて炒める。

次に無洗米を加えて炒め合わせ、お米に油が回ってツヤツヤになってきた頃に、用意しておいた鶏がらスープとサフランを入れてかき混ぜ、塩で味付けしてから数分煮込む。

「こんなもんでいいかな〜？」

数分後、一度火を消してからパプリカや魚介類を綺麗に並べ、もう一度加熱して、次に蒸らす作業に移る。

その間に、もう一品『ゴロゴロ野菜とベーコンのポトフ』を作ってしまおう。

一口サイズに切ったベーコンと、大きめにざっくり切ったニンジンやタマネギ、それにキャベツを鍋に入れて、以前購入していた固形スープの素と塩胡椒、バター、残っている白ワインを入れてから水を加え、蓋をして中火にかける。

ある程度煮てからアクを取り、コトコト煮込んだら完成である。

「よ～し、出来たぞ。ハーネ、ライ、皆を呼んできてくれる？」

《は～い！》

《わかった》

素早く出ていく二匹の後ろ姿を見て笑いつつ、出来立てのパエリアとポトフを食卓テーブルへと運ぶ。

台所から出ると、すでに匂いに釣られた皆が一階に集まってきていた。

ホント、皆の鼻は犬のように敏感だよね。

「それじゃあ皆さん、召し上がれ！」

僕の一声に、皆は声を揃えて「いただきます」と言うと、我先にと自分の皿にパエリアを盛っていく。

結構大きなフライパンで作ったから、おかわり出来るし、一緒にポトフも食べてね。

皆の分のポトフを深皿に盛り付けて、僕も自分の皿に手を付ける。

おぉー、うめー！

なんて内心で自画自賛していると——

「なっ、何この美味しさっ⁉」

「うめー、マジうめぇ！」

「今までも美味しく感じていたけど……今日の料理は格別ね」

「しっとりなのにパラパラした食感で、美味い」

「…………」

無言でかき込み続けるクルゥ君以外の皆が、目をキラキラさせながら褒めてくれた。

いやぁ～、大金を払ってアプリのレベルを上げた甲斐《かい》があった。

たんと食べてくださいね～。

リジーさんの依頼

魔獣討伐から帰ってきてからしばらく経ったある日、僕は自分で作った傷薬を街まで卸しに行っていた。

今日の目的地、リジーの魔法薬店は、中心部から少し離れた場所にある。

大きな木の幹をくり抜いて家にしたような造りの建物で、入口の上には、看板がかかっている。

その看板には、魔女の帽子を被ったウサギが薬を持っている絵が描かれていて可愛らしい。

そんな魔法薬店に、チリンチリン、と可愛らしいドアベルの音を鳴らしながら入った。

「リジーさんこんにちは、ケントです。今日は傷薬の他に、目薬と頼まれていた水虫薬を持ってきました」

「おぅ、ケントじゃねーか！」

受付にいた、片耳の折れたウサギの獣人、リジーさんに声をかけると、野太い声が返ってきた。

そう、こんなに可愛らしい外観のお店で、女の子のような響きの名前なんだけど——リジーさんはれっきとしたオスなのである。

しかも、本人曰《いわ》く中年のオッサンらしい。

獣人といっても獣の要素が強いので、外見はほぼウサギで可愛らしいのに、中身はオッサン。

あまりのギャップに最初は驚いて固まってしまったのも、いい思い出である。

「いやぁ～、ケントの魔法薬がよく効くって最近評判になってきてな。次はいつ入荷するんだって、よく聞かれるようになったんだぞ？」

「本当ですか？」

嬉しいな～と思いながら、バッグの中に入れていた魔法薬をカウンターの上に置いていく。

リジーさんは鑑定系の魔法がかけられた眼鏡を鼻の上にかけて、僕が置いた魔法薬を手に取って鑑定を始める。

しばらく待っていると、鑑定を終えたリジーさんは一旦お店の裏に引っ込み、すぐに戻ってきた。

その手には、納品書と買い取り金額らしき札束を持っていた。

「これが今回の買い取り金額だ。前回同様、いい薬だな。シャム嬢にはまだまだ追いつけねーだろうけど、頑張れば同じくらいの薬を作れるようになるだろうよ」

リジーさんは鼻をピコピコ動かしながら、そんなことを言ってくれた。

ある意味自分の力で作っているわけじゃないのでちょっと良心が痛むが、「これからも頑張ります」とだけ答えておいた。

てか、グレイシスさん……リジーさんにはシャム嬢って呼ばれてるんだな、なんか新鮮かも。

僕が受け取ったお金をしまっていると、何かを思い出したように手を叩いたリジーさんが「そういえばケントに聞きたいことがあったんだ」と言う。

「聞きたいこと……ですか？」

「あぁ。ケントやシャム嬢は暁ってパーティに入ってるんだろう？」

「はい」

「ならよ、護衛依頼も受けていたりするのか？」

「護衛……依頼……ですか？」

僕は首を傾げるしかなかった。

基本的に暁では、二、三人の少人数でダンジョンの魔獣討伐依頼を受けることが多い。なにせ、暁として皆で動いたのは、前回の討伐依頼が初めてであった。

それくらい、少人数で動くことが多いんだけど……そういえば、護衛依頼を受けたって話は、パーティに入って以来聞いたことがない。

ただ、Bランクパーティだから商人とか一般人の護衛依頼は受けられるはず。

そのことを伝えると、リジーさんは悩むように胸の前で短い前足を組んだ。

「そうか……いやな？　実は隣国に貴重な魔法薬を持って行かなきゃならなくなったんだがな。以前に似た依頼をギルドに出したら、護衛に来た奴に魔法薬の知識が全くなくてな……」

リジーさんは、そこで一度言葉を切る。

「まあそれはしょうがないとしても、魔法薬が入った箱を手荒に扱う奴までいて、ヒヤヒヤしっぱなしだったんだ。で、今回運ばないといけない魔法薬はかなり貴重だから、魔法薬の知識と作製能力があるパーティに依頼しようと思っていたんだ」

「なるほど、そうだったんですね」

僕が納得して頷くと、リジーさんも力強く首を縦に振る。

「ケントのところなら、ケントやシャム嬢がいるし、あと戦闘も出来る奴がいれば一石二鳥だと思ってな」

「……分かりました。でも、僕が今ここですぐに返事をすることは出来ないので、一度戻ってフェリスさん……リーダーに確認してみてもいいですか？」

「もちろんだ！　聞いてくれるだけでも助かるぜ」

「では、今日はこれで帰りますね」

そう言って店から出ようとした僕に、リジーさんは「そうだ！」と声をかける。

「護衛の期間は来月……花の月の第一週から二週間頼みたい。護衛料は一人一日七万レン。その日の食事代と宿代はこっち持ちで――まぁ、野宿する場合もあるが、何事もなく無事に俺をここに戻してくれたら、成功報酬上乗せって伝えてくれ」

「分かりました、伝えておきますね！」

そんな依頼内容、フェリスさんなら絶対「もちろん、やるわよ！」と言いそうだな。

なんて思いながら店を出て、今まで店内で大人しくしていたハーネとライに、ご褒美のお菓子をあげつつ家へと帰った。


特に他に用もないのでまっすぐ帰宅し、フェリスさんの部屋へ向かう。

扉が開きっぱなしになっていて、フェリスさんは「うふふふ」と笑いながら、机の上に並べたお金を数えているところだった。

その姿にちょっとだけ引きつつ、一応扉をノックして声をかける。

「フェリスさん、いいですか？　さっきリジーさんからこんな話があったんですけど……」

そう前置きして、依頼内容を伝えると——

「もちろん、やるわよ！」

キラリと目を輝かせたフェリスさんが、僕が想像した通りに言った。

「それじゃあケント君、帰ってきたところ申し訳ないんだけど、もう一度そのお店に行って、店主から依頼用紙を受け取ってきてくれる？」

「え？　あ、はい、行ってきますね」
「ありがとう。護衛依頼はかなり久し振りね……こうしちゃいられない、早速準備を始めなきゃ！」
フェリスさんはお金を仕舞って、慌てた様子で部屋から出ていった。
「……え～っと。それじゃあ、僕はもう一回リジーさんのお店に行ってくるよ」
《じゃあ、はーねもいく！》
《らいも》
こうしてあっさりと、暁としての次なるお仕事が決まったのだった。

そうして、パーティ皆で準備なんかをしているうちに、あっという間に翌月になり、隣国へ出発する日を迎えた。

しばらく家を空けることになるので、僕は家の裏側――レーヌ達がいる巣へと向かう。

巣の外観は前と変わらず、普通の物置のままだな。

扉の前に立ち、コンコンとノックしてみると、レーヌ達専用の入口から、ぴょこんとエクエスが顔を出した。

「お、エクエス。久し振り」

僕の顔を見たエクエスは、入口から飛び出してくると僕の周りを飛び回る。

そんなエクエスを見ながら、ハーネが《あるじー、えくえすが、『おひさしぶりでございます、ますたー！』っていってる～》と教えてくれた。

「中はだいぶ出来上がってきた？」

《んとね……はんぶんくらい、できたっていってるよ》

「そっか。必要なものとかない？　あれば用意するよ」

《ん～ん、なかまをすこしずつふやしてるから、だいじょうぶだって。それに、こういうのは、じぶんたちのちからでやらなきゃなりません！　だって》

「おぉー……偉いんだな。うん、分かったよ」

僕はエクエスの言葉に頷いてから、これから二週間家を空けることを伝える。

「それじゃあ、行ってくるね。レーヌにもよろしく」

歩きながら手を振れば、エクエスも小さな手を振ってくれたのだった。


玄関の方に戻ると、既に皆が揃っていた。

「よし、これで皆が揃ったわね。それじゃあ、依頼主の所に行きましょう」

フェリスさんの号令で、僕達はリジーさんのお店へと向かう。

リジーさんの魔法薬店の近くまで行くと、お店の前に大きな幌馬車《ほろばしゃ》が二台止まっているのが目に入った。

もっと近くに寄れば、幌馬車の横でリジーさんが、荷物を運んでいる人達に指示を出していると
ころであった。

「こんにちは、リジーさん。本日から護衛担当いたします、暁と申します」

「ん？　あぁ、暁の皆さんか。今日からよろしく頼むよ」

「よろしくお願いいたします。私は暁のリーダー、フェリスです」

「俺はリジーだ」

お互い名乗りながら握手をするフェリスさんとリジーさんを眺めていると、運び出される荷物を
見ていたグレイシスさんが腕を組んで難しい顔をしているのに気付く。

「グレイシスさん？　どうかしたんですか？」

「ん～、何か嫌な……面倒ごとが起きる予感がするのよね」

「え、マジですか!?」

「出発前に不吉なことを言わないでよ」

僕とクルゥ君がグレイシスさんを見ると、ひょいと肩を竦める。

「私自身に降りかかる災難じゃなさそうだし……ま、大丈夫でしょ」

グレイシスさんはそう言って、運ぶ魔法薬の種類を確かめるために幌馬車の中に入っていった。

「はぁ～……グレイシスの予感って大抵当たるからな」

「そうなの？」

「うん。怖いくらい当たる」

僕とクルゥ君は、今度はどんな面倒ごとが起きるのかと、お互い溜息を吐いた。


今回の護衛の旅はほとんどが幌馬車での移動となる。

二台ある幌馬車の先頭車両にはフェリスさんとラグラーさんと、僕。もちろん、ハーネとライも一緒に乗っている。

後方車両には、グレイシスさんとケルヴィンさんとクルゥ君といった感じで分散して乗っている。

それぞれの御者台《ぎょしゃ》で馬を操るのは、ラグラーさんとケルヴィンさん。

本当は、リジーさんの知り合いに御者を頼んでいたらしいんだけど、なぜか出発前日になって急に行けなくなったと言われたらしいんだよね。

突然のことに困ったリジーさんが「報酬金を上乗せするから、荷馬車の御者もやってくんねーか？」とお願いしてきて、フェリスさんが「もちろん、やらせていただきます！」と即答した……という次第である。

二台の馬車は街から離れていき、土がむき出しになった道路をガタゴト揺れながら進む。

僕達がいる馬車の中は、とても静かであった。

人が座れるスペースでは、フェリスさんが目を閉じながら腕を組んで座っていて、リジーさんは地図のようなものを見つつ御者台に座るラグラーさんと話している。

僕は何をしているのかといえば——荷物が置かれていないスペースに座りながら、リジーさんから幌馬車に乗る前に渡された今後の予定表を見ていた。

まず、五日間をかけて隣国シェルケプトへと向かう。

馬で駆ければ二日で移動出来るが、今回リジーさんが運ぶ魔法薬はかなり希少なもので高級品ということもあり、なるべく衝撃を与えたくないんだとか。

もちろん、衝撃吸収魔法をかけて梱包《こんぽう》してるけど、何があるかは分からない。

いくら早く納品出来ても、商品が割れちゃってたら意味がない。

というわけで、移動はゆっくり時間をかけることになった。

途中何ヶ所かある町へ立ち寄ることになるが、町がない場所で夜を明かす場合は野営もあり。

シェルケプトには四日間滞在して、その後また五日間かけて戻る——といった工程になっている。

ちなみに、リジーさんのお仕事中は、僕達にも自由時間が少しあるみたいだ。

と、そこでハーネが馬車の中に入ってきた。

《あるじー、おなかがへっちゃった～》

暇を持て余していたハーネには、幌馬車の上空を飛んで辺りを警戒してもらっていたんだけど、さすがにお腹が空いたらしい。

タブレット内の時計を見ると、確かにそろそろ昼食の時間であった。

「フェリスさん、ハーネがお腹が減ってきたそうなんですけど」

「ん？　もうそんな時間？」

組んでいた腕を下ろしてハーネを見たフェリスさんは、「ハーネちゃんのお腹時計は、いつも時間ピッタリだね」と笑った。

「リジーさん、そろそろ昼食の時間ですし、ここで一旦休憩にしませんか？」

「おぉ、もうそんな時間か！　そうだな、そうしよう」

「ラグラー、いいかしら？」

「ああ」

フェリスさんが御者台にいるラグラーさんに一言二言声をかけると、少ししてから綺麗な小川が流れる白樺《しらかば》の森の中で休憩することになった。

《あるじ、うえからみても、まわりにはだれもいなかったよ！》

《ごしゅじん、じめんにかくれてるてきも、いないみたい》

「ハーネ、ライ、ありがとう」

幌馬車から出る前に、ハーネが上空から、ライが下から敵がいないか確認してくれた。

安全を確認し終えてから、僕達は外へ出る。

しばらく狭い空間で同じ体勢でいたから、体が固まって痛い。

グッと腕を伸ばしていると、後方の幌馬車に乗っていたクルゥ君達も外に出てきた。

全員が外に出たのをリジーさんが確認すると、長い耳をしょんぼりと垂らしてしまう。

一体どうしたのかと驚いていると。

「すまん、俺は料理が苦手だから、あんた達に美味い料理を振る舞ってやることが出来ないんだが……」

「あぁ、それなら僕が作るので大丈夫ですよ」

リジーさんの言葉に、僕に任せてくださいと笑う。

「そんな、料理まで作ってもらうのは悪――」

「リジーさん、ケント君が作る食事はすっごく美味しいんですよ！　食べたら、絶対病みつきになること間違いなし！」

「お、おぉ、そうなのか？」

熱弁するフェリスさんと、急に熱弁し始めた彼女に驚いているリジーさんを見ながら、本日の料理は何にしようかと悩む。

「ハーネ、ライ、何か食べたいものある？」

周りを見張ってくれている二匹に、まずは聞いてみることにしたら。

《にくー！》

《らいも、にくがいい》

うん、肉……大好きだもんね、了解です。

僕はケルヴィンさんに調理する台を設置してもらっている間に、レシピを見ながら何を作ろうかと悩む。

「うーん、色々あり過ぎて悩むな……あ、これは簡単でいいかも」

画面の中に『たっぷりチーズが入ったピーマンの肉巻き』と『梅和え豚しゃぶサラダ』を見つけた。

一つはこってり系だけど、サラダはサッパリしているから、悪くないだろう。

早速調理に取りかかることにした。

まず『ショッピング』でピザ用チーズとしゃぶしゃぶ用豚肉、しゃぶしゃぶ用たれと甘めの梅干しを購入。

残りは持っている食材を使うことにした。

まずは、まだ残っていた無洗米を先に炊いておく。

それからピーマンの肉巻きに取りかかる。

こっちの世界のピーマンは、ヘタの部分に丸い袋が付いていて、その中に種が入っている。そこを切ってしまえば済むので、面倒な種取りの必要がないのだ。

カットしたら中にピザ用チーズを詰め、魔獣の肉を薄くスライスしてピーマンに巻き付ける。

それを何個も作り、塩胡椒を振って味付けをして、焼いていく。

全て焼き終わったら、あらかじめ混ぜていた調味料を絡め——照り焼き風のピーマンの肉巻きが完成した。

次にしゃぶしゃぶ用の豚肉を沸騰《ふっとう》させた鍋に大量に投入。茹《ゆ》で上がったらザルにあげて、クルゥ君に魔法で冷水を出してもらって冷やす。

茹でた肉を冷水で冷やすなんて思ってもいなかったんだろう。クルゥ君が「本当に大丈夫なの!?」とおっかなびっくりな感じで冷やしていたのが面白かった。

クルゥ君にそちらを任せている間に、キャベツを千切りにしておいて、合わせ調味料を作る。

まぁ、調味料を作ると言っても、しゃぶしゃぶ用タレの中に種を取って包丁で叩いて潰した梅干しを入れて混ぜるだけなんだけどね。

「ケント、終わったよ」

「ありがとう、クルゥ君」

「他に何か手伝う？」

「じゃあ、キャベツの上にお肉を盛り付けて、この調味料をかけてくれる？」

「分かった、任せて！」

しゃぶしゃぶサラダはクルゥ君に任せ、ご飯が炊けているか見に行くと、ちょうど炊きあがったところだった。

そうだ、そろそろ皆に食卓の準備を――と思って後ろを振り向けば、折り畳み式のテーブルを囲むようにして、すっかり準備万端な皆の姿があった。

僕は苦笑しつつ、出来上がった料理をクルゥ君と共に皆の元に持っていく。

次々と並べながら、リジーさんに声をかける。

「お代わりもありますから、たくさん食べてくださいね！」

「ああ、ありがとう」

リジーさんは、僕が料理をしている最中から小さな鼻をピクピクと動かし、匂いを嗅いでいたので、かなり気になっているんだと思う。

そして今は、目の前に並べられた料理をガン見していた。

「それでは、いただきます！」

フェリスさんの言葉に皆が続き――山盛りに盛られているピーマンの肉巻きと梅和えしゃぶしゃぶ肉がそれぞれの口の中へ消えていく。

「リジーさん、早く食べないとあっという間になくなっちゃいますからね？　遠慮しないでいっぱい食べてください」

「あ？　あ、あぁ……それじゃあ……」

リジーさんはピーマンの肉巻きをフォークで刺すと、クンクンと匂いを嗅ぐ。

そして恐る恐る、口の中へ入れ――カッ！　と目を見開いた。

「うめぇーっ！　なんだこの食べ物は⁉」

みょ〜んと伸びるチーズをハフハフしながら食べて、ご飯をかき込んでゴクリと呑み込んだ後に、僕の顔に唾をかける勢いでそう言うリジーさん。

あまりの勢いに圧倒されながら、僕は微笑んだ。

お、お口に合ったようでよかったです。

到着！

「はぁーっ、食った食った～」

ポコッと出たお腹を撫でながら、満足そうに呟くリジーさん。

ニンジンが好きそうな見た目に反して、食べ物の好みは肉系らしく、とても喜んでもらえた。

「いやぁ～、しかし……その年齢でBランクの冒険者で魔法薬師の免許を持ってるだけでも凄いことなのに、こんなに美味い料理も作れるなんて、改めてスゲー奴だなお前」

僕を見ながらしみじみとそう言うリジーさんに、僕は苦笑するしかなかった。

「俺は仕事柄、魔法薬を販売したり、素材を調達したりするのにいろんな国に行ってはいるが、こんなに美味い食べ物を食ったことがない。こんな料理が作れるなら、シェルドリュート帝国の帝城料理人にでもなれるレベルだろーよ」

「シェルドリュート……帝国？」

初めて聞く国の名前に、僕は首を傾げた。

「お前、シェルドリュート帝国を知らないのか⁉」

リジーさんはとても驚いていたが、イヤな顔をせずに色々と教えてくれた。

この世界には大小様々な大陸が六つあり、そのうちの一番大きな大陸に、僕達が住む国を含めて十六ヵ国がある。

その中でも、シェルドリュートが最も広く、軍事力もあるそうだ。

そんな帝国を治める皇帝の城に、料理人とはいえども働けるなら——一生安泰な生活が出来るほどの金が手に入るだろうと教えてくれた。

「もしも興味があるなら、シェルドリュート帝国に知り合いがいるから紹介するぞ？」

なんて言うもんだから、いやいやいやいや！　と手を振る。

すると——

「おいおい、うちの仲間を口説《くど》くのはやめてくんねーか？」

いつの間に僕の後ろに立っていたのか、ラグラーさんが僕の肩の上に腕を乗せて体重をかけながらそう言った。そして、溜息を吐きつつリジーさんを見つめる。

「んあ？　おぉ、こりゃあ悪かったな！　別にケントを暁から引き離したいと思ったわけじゃないさ。ただ、この料理の腕前に、使役獣持ち、なおかつ魔法薬師の資格も持っている冒険者となれば、あの帝国のことだから、いつかあっちから声がかかるんじゃねーかと思ってな」

「……だとしても、そんな所で働くもんじゃねーよ。国の大小かかわらず、国の中枢は魑魅魍魎《ちみもうりょう》共が跋扈《ばっこ》する場所だ。そんな所に可愛い弟分をやれるかってーの」

肩に肘を置きながら、ポスポス僕の頭を叩くラグラーさん。

そんな僕達の近くを歩いていたケルヴィンさんが、立ち止まって僕をジーッと見下ろす。

どうしたんですか？　と聞こうと思ったら、ケルヴィンさんはおもむろに口を開き――

「あまり人を疑うことを知らないケントなら、腐りきった貴族にいいように使い捨てられて、ボロボロになってしまうのが目に見えている」

いきなりそんなことを言ったと思ったら、すぐに歩き出して幌馬車の方へ行ってしまった。

ポカーンと口を開けながらケルヴィンさんの後ろ姿を見ていた僕は、彼の言葉を頭の中で反芻《はんすう》して、イメージしてみる。

――そしてあっさりと、人にいいように利用されて、ボロボロになった姿が鮮明に思い描けてしまったので、ブンブンと頭を振ってそのイメージを追い払う。

絶対そんな場所には行かないと、固い決意をしたのであった。

それから、何度か盗賊《とうぞく》などに遭遇したのだが、僕のご飯を食べて活力が漲《みなぎ》っている皆の敵ではなかった。

あっさりと倒して縛り上げると、立ち寄った街の警ら隊の詰め所に突き出し――そのほとんどが指名手配されている人物であったので、報酬金が出てフェリスさんはニマニマしていた。

そうして順調に旅は進み、リジーさんのお店を出発してから五日後――隣国シェルケプトに入国することが出来た。

大きな門を通り抜けると、まるでお祭りがあるのかと思えるくらい多くの露店と人々で賑わっている。

「うわぁ～、凄い人が……と言うよりも、獣人が多い？」

幌馬車の窓にかけられている布を上げて外を眺めた僕は、ふと気が付いてそう呟く。

いろんな種族の獣人が街中を楽しそうに歩いていたり、獣人の恋人同士で露店で買った食べ物を食べ歩きしていたり、子供連れの夫婦に獣人が新鮮な魚を紹介していたりしていたのだ。

僕達が住んでいる国とは、また違った活気があるのと、あまりの獣人の多さに少し驚いてしまった。

そんな僕を見て、フェリスさんが口を開く。

「この国は、大陸中で最も多くの獣人が住んでいるの。何て言っても、国を治める女王が豹《ひょう》の獣人ですからね」

「実は、俺もこの国の出身なんだぜ」

魔法薬が入った箱の中身を再確認していたリジーさんが、フェリスさんの言葉に続けてそう言う。

この国、シェルケプトは元々獣人のみが暮らす国であった。しかし四代前の王様が人間を伴侶に選んでから、徐々に人間も住み着いて——今では獣人と人間、それ以外の種族が混在する国となったんだって。

「リジーさんは、どうしてこの国から出てあそこにお店を構えたんですか？」

「俺はいろんな国に行ったことがあるんだが、自国のように獣人を人間と同等に扱ってくれる国はなかなかないもんなんだよ。だが、あの国はそういうのが全くないわけじゃないが、少ない。加えて、ギルドの数が多いから、怪我をした冒険者によって魔法薬が飛ぶように売れるんだ」

それに、あの国は獣人が少ないから、俺という存在を覚えてもらうにはちょうどよかったんだよ——と髭を動かして笑うリジーさん。

可愛らしい見た目に反して、商魂たくましいようである。

大きなホテルに着いた僕達は、明日リジーさんの仕事に同行するまでの間、自由にしていていいと言われた。

部屋割りは、フェリスさんとグレイシスさん、ラグラーさんとケルヴィンさん、僕とクルゥ君という、いつもの組み合わせだ。

ちなみにこのホテルは使役獣の入室禁止となっているので、ハーネとライには申し訳ないが外にある使役獣用の小屋にいてもらうこととなった。タブレットの中にいてもらってもいいんだけど、せっかくだから外に出してあげたいんだよね。

鍵を貰って各自の部屋に入り、明日の朝までの自由時間が始まった。

「クルゥ君、夕食はどうする？」

「ん～、ボクはケントの料理が食べたいけど、他国の料理を食べる機会なんか滅多にないよね……せっかくだからこの国の料理でも食べに行く？」

「そうだね、またいつこの国に来られるか分かんないんだし、食べに行こう！」

僕達は早速部屋から出ると、隣の部屋にいるフェリスさんに外で夕食をとってくることを伝える。

「そう。私達はホテルで夕食を済ませるわ。気を付けて行ってきてね」

フェリスさんの言葉に頷いた僕達は、外に出てからハーネとライを連れて、街の中を歩く。

辺りは日も暮れて暗くなってきた頃である。

だが、家の窓辺や玄関、それに頭上を見上げれば、建物と建物を繋ぐロープにいろんな形の提灯《ちょうちん》が吊《つ》られていて、街は明るく輝いていた。

《はーね、おなかペコペコ～》

《らいは、そこまでじゃない》

プラプラ歩きながら辺りを見ていると、クルゥ君の腕に体を巻き付けて顎を肩に乗せているハー

ネが、しょんぼりしながらお腹が空いたと催促する。

クルゥ君は、すごく嬉しそうな顔でハーネの頭を撫でている。

実は、ハーネは僕以外の人にも体を巻き付けて休憩を取ることがある。

元々社交的な性格をしているから、早い段階で暁の皆に懐いていたし、ケルヴィンさんの頭の上で蜷局を巻いて寝るのがここ最近のお気に入りであったりもするのだ。

無表情ながら、嫌な顔をせずにハーネの好きなようにさせてくれるケルヴィンさんは、やっぱり優しい人なのだろう。

ライの場合、最初ほどの警戒心はなくなってきたし、皆にも背中とふわふわな胸毛を撫でさせてくれるようになっていた。

いつかそのふわふわな毛に顔を埋めて抱き締めるのが夢なんだと、フェリスさんとグレイシスさん、それにラグラーさんが手をワキワキ動かしながら言っていたが、いつになることやら……

それから僕達は、露店で一口サイズの食べ物を買ったりして、色々なものを食べ歩いた。

国が違えば味付けも変わってくるんだけど、この国は辛めな味付けは少ないみたいだ。

露店で話を聞いたところ、辛いものを食べると嗅覚が効きにくくなる獣人が多いため、甘じょっぱい味付けが多いそうだ。種族が違うと食文化まで違うのかと、驚いてしまった。

ついでに言うと、甘じょっぱいといえば聞こえはいいが、けっこう味が濃いので、食後は喉が乾きそうだった。

そんなこんなで、気になった装飾品だったり服を購入したりして歩き回っていたんだけど、やっぱり喉が渇いてくる。

「クルゥ君……僕、すごく喉が渇いてきたんだけど」

「奇遇だね、ボクもだよ」

僕達は飲み物を売っている露店がないか探してみるけど、なかなか見つからない。

しょうがないので、近くにいた人に飲み物を売っている店はないのか聞いてみたら、飲み物は喫《きっ》茶店《さてん》か酒場でしか売ってないと言われた。

地球でいうバルみたいな所だろうかと思っていると、すぐ近くに店がたくさん並んでいるエリアがあると教えてもらったので、そこへ行ってみることにした。

言われた方角に少し歩いていると、建物の前に机と椅子が並べられ、そこで食事をしたりお酒を飲んで陽気に笑ったりしている人の姿が目につくようになってきた。

いくつか店の中を覗いたけど、だいたいどこも店内は満席だった。

「どうする？　どこかで買って外で飲む？」

「う～ん……それも悪くないけど、ボクそろそろ歩き疲れてきたから、少し座ってゆっくりしたいかな」

「それじゃあ、どこか空いているお店を探そっか」

そう決めてしばらく歩いていると、賑わっているお店から、数人の客が外に出ていくのが見えた。

お、ラッキー！

外から店内を覗くと、さっきの数人が座っていたらしきテーブルを片付けているのが見えた。

使役獣が一緒でも入店OKとのことだったので、そこのお店に決める。

「はぁ～。ようやく座れた」

椅子にドカッと座ったクルゥ君が大きく溜息を吐いてそんなことを言う。

クスクスと笑っていると、店員さんがメニュー表を持ってきてくれたので、早速注文する。

味が濃いものばかりだったのでサッパリした飲み物と、いくつか軽食も頼む。

出てきた飲み物は、ブルーハワイみたいな見た目で味はミントティーに似ていた。

見た目と口の中の味はギャップがあるけど、普通に美味しい。

食べ物は白身魚のフライと、フライドポテトに似たもの——いわゆるフィッシュアンドチップが出てきた。

味付けは客がお好みでするタイプ。色々な調味料が入った籠が一緒に置かれているので、籠の中から取り出して振りかける。

レモンの味がする塩なんて便利なものがあって、これは欲しいと思ってしまった。

どこかに売ってるなら、帰りに買って帰ろうと思いながら食べていると、あっという間に完食する。

「ふぅ……お腹も満たされたことだし、そろそろ帰る？」

「そうだね。明日の準備もあるだろうし、そうしよう」

席から立ち上がり、お会計をしてから店を出る。

「明日はどんな場所に行くのかな？」

「ん〜。グレイシスの話だと、あの貴重な魔法薬を買える人物は裕福な商人か貴族じゃないかって言ってたけど」

「ほぇー、貴族か——痛っ！」

クルゥ君と話しながら歩いていたら、前方から歩いてきた人物とぶつかってしまった。

お互い立ち止まってしまい、ぶつかった肩を押さえる。

すみませんと謝ろうとしたら——

「ちょっと痛いじゃない！　どこ見て歩いてるわけ!?　その目は節穴なの!?」

いきなり怒鳴《どな》られた。

黒いローブを身に纏い、フードを深く被った人物——声からしてまだ少女みたいだけど、彼女はポカンと口を開ける僕に向かって喚《わめ》き続ける。

ビビりながら辺りを見れば、ぶつかった人物と同じローブを着て顔の表情が見えない人達が五人ほど、少女の後ろに控えていた。

「だいたい、人にぶつかっておきながら謝りもしないで……って、あら？」

僕に指を指しながら怒っている少女は、ふと、僕の隣で同じようにポカンとしているクルゥ君に目を留めると、ピタリと口を閉じた。

そして――

「お兄様っ！」

フードを被った少女は、嬉しそうな声を上げると両手を広げてクルゥ君に飛びかかった。

「なっ⁉」

ぎょっとしたのは僕だけじゃないだろう。

驚いた声を上げたクルゥ君であったが、その体は両手をいっぱいに広げて抱きついた人物によって動くことが出来ないようであった。

「……クリスティアナ」

クリスティアナ？　どこかで聞いたことがある気がするけど……

僕が首を傾げていると、クルゥ君に抱きついた少女の顔を覆っていたフードが、衝撃で外れる。

クルゥ君と同じ髪色をしたツインテールが零れ落ちる。

そのクルゥ君の体から手を離さず顔だけを上げたその人物の顔を見て、僕は驚いた。

だってそこには、クルゥ君がいたからだ。

『クリスティアナ——僕の「妹」なら、あんなヒトモドキなんて簡単に倒せてしまうんだろうな……って思っていただけだよ』

隠れていた岩陰でのクルゥ君の言葉が、頭の中に蘇る。

そして同時に、出発前のグレイシスさんとクルゥ君の言葉も。

『ん～、何か嫌な……面倒ごとが起きる予感がするのよね』

『はぁ～……グレイシスの予感って大抵当たるからな』

そんなことを思い出しながら、目の前で対照的な表情を浮かべる二人を見る。

盛大に苦虫を噛み潰したような表情をするクルゥ君と、ニコニコと嬉しそうな、クルゥ君と全く同じ顔を持つ妹さん。

これからどんな面倒ごとが起きるのかと、僕は溜息を吐きたくなったのであった。

トリティカーナ王国の英雄、ムーンオルト家の末弟であるアレクは、紫の髪と瞳の持ち主。人が生まれ持つことのないその色を両親に気味悪がられ、ある日、ついに家から追放されてしまった。途方に暮れていたアレクは、偶然二人の冒険者風の少女に出会う。彼女達の勧めで髪と瞳の色を変え、素性を伏せて英雄学園に通うことになったアレクは、桁外れの魔法の才能と身体能力を発揮して一躍人気者に。賑やかな学園生活を送るアレクだが、彼の髪と瞳の色には、本人も知らない秘密の伝承があり——

1~3巻好評発売中!

◆各定価：本体1200円+税　◆Illustration：福きつね

犬の獣人ノアは、凄腕鍛冶士を父に持ち、自身も鍛冶士を夢見る少年。しかし父ノマドは、母の死を境に酒浸りになってしまう。そんなノマドに代わって日々の食事を賄うため、幼いノアは自力で素材を集めて農具を打ち、ご近所さんとの物々交換に励むようになっていった。数年後、久しぶりにノアの鍛冶を見たノマドは、激レア素材を大量に並べる我が子に仰天。慌てて知り合いにノアを鑑定してもらうと、そのレベルは596！ ノマドはおろか、国の英雄すら超えていた！ そして家族隣人、果ては火竜の女王にまで愛されるノアの規格外ぶりが、次々に判明していく——！

◉定価：本体1200円+税 ◉ISBN 978-4-434-27158-8 ◉Illustration：うおのめうろこ

大貴族家に生まれた少年、シアン。彼は順風満帆な人生を送るはずだったが、魔法の力を授かる成人の儀で、水しか出ない役立たずの神具【コップ】を授かってしまう。落ちこぼれの烙印を押されたシアンは、名ばかり領主として辺境の砂漠に追放されたのだった。どん底に落ちたものの、シアンはめげずに不毛の領地の復興を目指す。【コップ】で水を生み出し、枯れたオアシスを蘇らせたことで、領民にも笑顔が戻り始めた。その時、【コップ】が聖杯として覚醒し——!?　シアンは【コップ】をフル活用し、名産品作りに挑戦したり、不思議な魔植物を育てたりして、自由に町を作っていく！

◉定価：本体1200円＋税　◉ISBN 978-4-434-27336-0

◉Illustration：もきゅ

初期スキルが便利すぎて異世界生活が楽しすぎる!
Shoki Skill Ga Benri Sugite Isekai Seikatsu Ga Tanoshisugiru!
1~4
霜月雹花
Hyouka Shimotsuki
超お人好し少年は
人助けをしながら異世界をとことん満喫する!

初期スキルが便利すぎて異世界生活が楽しすぎる!
霜月雹花
神様に授けられた万能スキルで人々のピンチを救っちゃう!?
ネットで大人気!!
無限の可能性を秘めた神童の異世界ファンタジー、開幕!
超お人好し少年は
人助けをしながら異世界をとことん満喫する!

辛い出来事ばかりの人生を送った挙句、落雷で死んでしまったOL・サキ。ところが「不幸だらけの人生は間違いだった」と神様に謝罪され、幼女として異世界転生することに!　サキはお詫びにもらった全属性の魔法で自由自在にスキルを生み出し、森でまったり引きこもりライフを満喫する。そんなある日、偶然魔物から助けた人間に公爵家だと名乗られ、養子にならないかと誘われてしまい……!?

◉定価：本体1200円+税　◉ISBN：978-4-434-27440-4

◉Illustration：花染なぎさ

ネットで話題沸騰！
アルファポリスWeb漫画
ALPHAPOLIS
アルファポリス COMICS
面白い漫画が毎週読める!!
原作 柳内たくみ 漫画 竿尾悟
ゲート GATE
自衛隊 彼の地にて、斯く戦えり
原作 あずみ圭 漫画 木野コトラ
月が導く異世界道中
原作：秋川滝美
漫画：しわすだ
居酒屋ぼったくり
BOTTAKURI
原作 山川イブキ 漫画 マツオカヨシノリ
転生薬師は異世界を巡る
原作 電電世界 漫画 葉来緑
お人好し職人のぶらり異世界旅
Ohitoyoshi Shokunin no Burari Isekai Tabi
原作 雪塚ゆず 漫画 紗月なぴこ
今夏連載開始予定!
追い出されたら、何かと上手くいきまして
OIDABARETARA NANIKATO UMAKUIKIMASHITE
人気連載陣
● THE NEW GATE
● 異世界に飛ばされたおっさんは何処へ行く?
● 素材採取家の異世界旅行記
● 異世界ゆるり紀行 ～子育てしながら冒険者します～
● いずれ最強の錬金術師?
● 追い出された万能職に新しい人生が始まりました
● 勘違いの工房主
and more...
原作 椎名ほわほわ
漫画 六堂秀哉
とあるおっさんのVRMMO活動記
原作：金斬児狐
漫画：小早川ハルヨシ
Re:MONSTER リ・モンスター
選りすぐりのWeb漫画が
無料で読み放題!
今すぐアクセス!
アルファポリス 漫画
検索
アルファポリスアプリ
スマホでも漫画が読める!
App Store/Google play でダウンロード!

この作品に対する皆様のご意見・ご感想をお待ちしております。

おハガキ・お手紙は以下の宛先にお送りください。

【宛先】

〒150-6008 東京都渋谷区恵比寿4-20-3 恵比寿ｶﾞｰﾃﾞﾝﾌﾟﾚｲｽﾀﾜｰ 8F
（株）アルファポリス　書籍感想係

メールフォームでのご意見・ご感想は右のＱＲコードから、
あるいは以下のワードで検索をかけてください。

アルファポリス　書籍の感想　検索

ご感想はこちらから

本書はWebサイト「アルファポリス」（https://www.alphapolis.co.jp/）に投稿されたものを、改稿のうえ、書籍化したものです。

チートなタブレットを持《も》って快適《かいてき》異《い》世《せ》界《かい》生活《せいかつ》 2

ちびすけ

2020年 7月 31日初版発行

編集－村上達哉・篠木歩
編集長－太田鉄平
発行者－梶本雄介
発行所－株式会社アルファポリス
〒150-6008 東京都渋谷区恵比寿4-20-3 恵比寿ｶﾞｰﾃﾞﾝﾌﾟﾚｲｽﾀﾜｰ8F
TEL 03-6277-1601（営業） 03-6277-1602（編集）
URL https://www.alphapolis.co.jp/
発売元－株式会社星雲社（共同出版社・流通責任出版社）
〒112-0005 東京都文京区水道1-3-30
TEL 03-3868-3275
装丁・本文イラスト－ヤミーゴ（http://www.asahi-net.or.jp/~pb2y-wtnb/）
装丁デザイン－AFTERGLOW
印刷－図書印刷株式会社

価格はカバーに表示されてあります。

落丁乱丁の場合はアルファポリスまでご連絡ください。

送料は小社負担でお取り替えします。


ISBN978-4-434-27524-1 C0093